どぜう丸
Illustration 成海七海
JN106007
学生結婚した相手は
不器用カワイイ
遊牧民族の姫でした
vol.2

開運部夏合宿
～（諸事情により）貸し切りビーチの巻～
威堂智風《いどう・ちかぜ》
生徒会に属するスポーツ少女。
正義感が強く仲間思い。

メイユエ、大喜び！
「整備士視点でジャンガルを見られる日がくるなんて!!」
「こんなに喜んでもらえるなら、連れてきた甲斐があるな」

チャン・メイユエ
張美月
遊牧国家「カレムスタン」の姫。
亨の結婚相手。
大庭千和
おおば・ちわ
生徒会の真面目っ子。
世話焼きな性格で小紅の幼馴染み。
南雲小紅
なぐも・こべに
開運部の部員。
人見知りなオカルトマニア。
雪屋愛菜
ゆきや・まな
亨のクラスメイト。
好奇心旺盛で変わり者が好き。

学生結婚した相手は不器用カワイイ遊牧民族の姫でした 2

どぜう丸

OVERLAP

CONTENTS

Gakusei kekkon shita aite ha
bukiyou kawaii yubokuminzoku no hime deshita.

Illustration
成海七海

プロローグ　君の童名は？

Gakusei kekkon shita aite ha
bukiyou kawaii yubokuminzoku no hime deshita.

俺は高校一年、志田亨《しだとおる》。

ある日、俺は女の子が暴漢に掠《さら》われそうになっている場面に遭遇した。

お月様のような瞳を不安に揺らした、異国風の可愛《かわい》らしい女の子。

その女の子をなんとか助けだし、一緒に逃げていたのだけど、突っ込んできた飲酒運転のトラックに轢《ひ》かれて二人揃《そろ》って死んでしまった。

死んだ俺と女の子が辿《たど》り着いたのは、あの世とこの世の境界にある教会。

そんな『境界の教会』で出会った獄卒鬼《ごくそつき》と名乗る鬼の神父に、俺はその女の子、張美月《チャン・メイユエ》と死者の結婚である【冥婚】をするようにと言われる。

メイユエは遊牧国家『カレムスタン』のお姫様であり、彼女の国の風習では子を成さずに死んだ者は【冥婚】をしなければ親不孝者として地獄行きになるらしい。

そこで一悶着《ひともんちゃく》はあったものの、俺はメイユエとの冥婚を受け入れることにした。

冥婚の証《あかし》としての、やや強引なキス。

あの世での出来事とはいえ、夫婦となった俺とメイユエ。

魂を結んだ俺たちだったけど、そこで偶然が重なり現世へと蘇生《そせい》することになる。

生き返ることができたのは良かったのだけど、魂が結ばれているため百メートル以上離れるとどちらかの魂が引き摺《ず》り出される（幽体離脱）体質になってしまった。

離れられない俺たちは一緒の家に暮らし、一緒に学校へと通うことになる。

不便はありながらも、徐々にこの関係にも慣れていく俺たち。

その後はメイユエを狙う者たちの陰謀と、彼女に掛けられた呪いなどの困難はあったが、仲間の協力や二つの魂で一つの身体《からだ》に入る【タマフリ】などを駆使して立ち向かい、完全解決とまではいかないまでも、一先《ひとま》ずの平穏を取り戻すことはできた。

そして今日も、俺はメイユエから離れられないまま生きていく。

現世は同級生。魂は夫婦。

冥婚結んだ名コンビ？　現実は割と非日常！


……とまあ、某名探偵が活躍する映画のオープニングっぽく、これまでのことを振り返ってきたわけだけど、メイユエと出会ってからは本当に目まぐるしい日々だったな。

ボーイ・ミーツ・ガール。意味は『お決まり・お約束』。

男の子が女の子に出会って始まる物語は世の中に溢《あふ》れかえっているけど、メイユエとの出会い、そして冥婚はそれらに匹敵するだけのインパクトがあった。幽霊騒動やら刺客に襲われたりやらで、一気に非日常に叩《たた》き落とされた気がする。

（……まあ、だからこそ）

「？　どうかしたか？　亨」

ダイニングのテーブルを挟んで向かい側に座るメイユエが首を傾《かし》げた。

時刻は午後三時。今日は土曜日なので授業は午前中に終わった。いまは期末テスト前なので部活動も禁止されているため、俺たちは真《ま》っ直《す》ぐ帰宅したのだった。

そして現在、メイユエが小腹が空《す》いたからと乳茶《スーテーツァイ》を淹《い》れたので、俺もご相伴にあずかっている。このほんのり塩味のミルクティーも慣れるとホッとする。

そして、テーブルの向かいにメイユエが座っているこの状況にも。

「なんなのだ、さっきからこっちを見て」

ジッと見ていたら、メイユエに首を傾げられた。

我が家に見慣れぬ民族服を着た異国の姫君がいて、一緒に乳茶《スーテーツァイ》を飲んでいる。言葉にすればなんのこっちゃというこの状況にも、すっかり慣れてきていた。むしろ急にメイユエが居なくなったとしたら、違和感を覚えることだろう。

まだ魂だけの関係とはいえ、俺たちは夫婦なのだから。

「……なんでもない。ただ見てただけ」

「ふむ？　そうか」（ズズズ）

メイユエはとくに気にする様子もなく乳茶《スーテーツァイ》を啜《すす》っている。

と、そこで前から気になっていたことを思い出した。良い機会だし聞いてみるか。

「なあ、メイユエ」

「たしかカレムスタンでは成人前の女性は本名を呼んじゃいけないんだよな?」

「なんだ?」

「うむ。両親と伴侶となる者を除いてな」

それは以前、メイユエから説明されたことだった。

「そういう仕来りがあるからこそ、義妹の須玖瑠《すぐる》や愛菜《まな》には『美月《みづき》』と呼ばせているし、旦那様である亨にはメイユエと呼ぶことを許しているのだ」

「ははー、ありがたき幸せ」

特別扱いに大仰に感謝してみせると、メイユエは満更でもない顔をしていた。

「で、それがどうかしたのか?」

「あーいや、漢字の『美月』は『みづき』って読めるけど、カレムスタンにいたころはなんて呼ばれてたのかなぁって。言語はモンゴル語っぽいって話だったし?」

きっと『みづき』ではない別の呼ばれ方があったんじゃないか、と思ったのだ。

するとメイユエの表情がピシッと固まった。

「うっ……それは……その……」

メイユエはなにやら言いにくそうに、ゴニョゴニョと呟《つぶや》いていた。

普段はズバズバと物を言う彼女にしては珍しい。

「えっ?　そんなに言いづらいような名前なの?」

あ、そういえば草原の部族の中には、幼いころは悪魔に狙われないように酷《ひど》い名前を付けて呼ぶ……みたいな風習があるとか言ってたっけ。たしか……。

「まさか『犬の糞《ふん》』みたいな名前だったり……」

「そんなわけあるか！」

メイユエが慌てたように大声を出した。

「我が国にそのような風習はない！　たしかに成人前の女性は真名《まな》を悟られぬように童名で呼ばれるのだが……それだってキチンとした名前で呼ばれていたぞ！」

「ん？　じゃあなんで言い淀《よど》んでたんだ？」

そう尋ねると、メイユエはバツが悪そうに目を逸《そ》らした。

「いや、私たちからすればそんなことはないんだが、日本人が聞くと酷い罵倒のように聞こえてしまう名前でな。亨には、その名で呼んでほしくないというか……」

「？？？」

「とにかく、妻の昔の話をあれこれ探るのは野暮というものだぞ！」

「お、おう」

メイユエは赤面しながら指を突きつけてきたので、俺はもう聞かないことにした。本人が話したがらないことを、無理に聞き出すのも気が引けるからね。

これでこの話は終わりとなったのだが……俺は後日、意外な形で知ることになる。

キミの童名《な》を。

1，冥婚生活継続中

カチッ……ガチャ。

「ただいまー、っと」

「ただいま帰ったぞ」

土曜日なので授業は午前中で終わり、部活も期末テスト前の自習期間は一部の運動部を除いて活動を禁止されているため、俺とメイユエは真っ直ぐに家へと帰ってきた。

（それにしても……ただいま、か）

居候であるメイユエにとっても、ここはすっかり〝我が家〟なのだろう。

それが嬉《うれ》しいやら気恥ずかしいやらで、なんだか変な気分だった。

「とはいえ、いまは誰も居ないのだがな」

玄関の三和土《たたき》で学校指定の革靴を脱ぎながらメイユエが言った。

まあ鍵を開けて入ってきたわけだしな。

「飛文《ひぶん》は仕事で、須玖瑠は友達の家に寄って帰るって言ってたっけ」

須玖瑠は中学二年生の俺の妹だ。須玖瑠は死んだ母さん似で、父さん似の俺とは似てないが、いつもどこか眠たげな顔をしているマイペースなヤツだった。今日は、

『友達のツバメちゃんちに寄ってくるからお昼はいらない』

……とか言ってたっけ。

そして飛文はメイユエの従者兼護衛役のお姉さんだ。本名は趙《チャオ》・飛文《フェイウェン》で、アラブの商人（とハサン・サッバーフの暗殺教団メンバー）の血を引くという褐色肌の美女だった。

さらに彼女はメイユエの母さんであり、家電大手『サイジョウ電機』の社長である西《さい》条《じょう》・張《チャン》・美晴《みはる》さんの秘書でもある。今日はそっちの仕事で出ているようだ。交代制とはいえ家事もやりつつ、護衛もしつつ、仕事もしている……スーパーウーマンだよなぁ。

「と、いうことはだ、亨」

廊下の先を歩いていたメイユエがクルッと振り返った。

「ん。なに?」

「いまこの家には、私たち二人だけということだな」

「まあ、そうなるな」

なんで急にそんなことを……と思っていると、メイユエはなにやらモジモジした様子で自分の指を絡めていた。

「いま、この家には私と其方《そなた》しか居ない。邪魔も入らぬ二人っきりというわけだ」

「お、おう」

内容的には同じことを繰り返しただけのはずなのに、その言い回しにドキッとしてしまった。あの世での出来事とはいえ、結婚式まで挙げた相手であるメイユエ。

魂的には俺の奥さん。

そんな子に二人っきりであることを強調されて、意識するなと言うほうが無理だろ。

するとメイユエは俺の顔を上目遣いに見つめてきた。

「な、なあ亨《とおる》。せっかくの機会だし、したいことがあるのだが……」

「……」(ゴクリ)

期待するような眼差《まなざ》しでそう言われ、俺は思わず息を呑《の》んだのだった。


それからしばらくして。

「ま、まだなのか？　亨」

メイユエが切なげな声で言った。

「まだだよ。そう焦るなって」

「う〜……私は、もう、限界だぞ」

「待てって。もう少し……もう少しだから」

「うぅ……これ以上、焦《じ》らさないでくれ〜」

メイユエがもう辛抱たまらんといった声を出した、そのときだった。

ピピピピピッ♪

あ、キッチンタイマーが鳴った。

「はい。もういいぞ」

「おお！　待ちかねたぞ！」

　メイユエはそう言うやいなや箸を重石《おもし》にして閉じていたフタをベリッと剝がした。いま食事テーブルに着いている俺とメイユエの前に置かれていたのはカップ麺だった。

「それじゃあ、いただきます」

「うむ。いただきます」

　そしてカップ麺をズルズルと啜る俺たち。

　メイユエが言っていた『二人っきりだからしたいこと』とは『カップ麺を食べる』ということだったのだ。ちなみにメイユエのがカレー味で、俺のはシーフード味。

「ズズズ……でも、まさかカップ麺を食べたがるとはなぁ」

「ズズズ……うむ。日本《ヤポン》のカップ麺はカレムスタンでは手に入らんし、飛文が居るときは一食をコレで済ますなど許してもらえないだろう？」

「まあ……仕えてるお姫様にカップ麺を食べさせるわけにもねぇ」

　従者としては看過できないだろう。

　するとメイユエは麺を啜りながら「美味《アムトウタエ》♪」と顔を綻ばせた。

「カレムスタンで観《み》た日本のアニメで、主人公たちが外でカップ麺を食べるシーンがあったからな。アレを観て以来、いつかは食べてみたいと思っていたのだ」

「まーたアニメの影響かい」

『重装機兵ジャンガル』といい、このお姫様は本当にアニメ好きだよな。

するとメイユエは不満そうに口を尖《とが》らせた。

「むう。だが、ああいうのに出てくる食事って異様に美味《おい》しそうに見えないか？」

「それは……わからなくもないけど」

「だろう？　念願叶《かな》って私は大満足だ」

そう言ってニッコリ笑うメイユエ。……まあ、いいか。

「ところで、メイユエって麺を啜《すす》れるんだな」

「ん？」（ズルズル）

「いや、外国だと麺を啜るっていう習慣がないところもあって、日本人みたいに麺を啜れない人たちも居るって聞いたことがあったからさ」

そう尋ねると、メイユエは「ふむ」と考えていた。

「我が国にも『ツォイワン』や『ゴリルタイ・シュル』のような麺料理はあるしな」

「え、なに？　ツォイワンと……ゴリラ汁？」

「どういう聞き間違いだ！　ゴリルタイ・シュル。日本で言うところの『肉うどん』だな。ちなみにツォイワンは『焼きうどん』だ。どちらも麺は短めだが」

「へぇ～」

メイユエと一緒に暮らしていると、こんな風に文化の共通点、あるいは相違点を知れてなかなかおもしろい。それにしても……メイユエの国の麺料理か。

「そっちも食べてみたいなぁ」

興味が出たので何の気なしにそう呟いた。

するとそれを聞いたメイユエの手がピタッと止まった。

「それは、期待されているということだろうか？」

「えっ、なんで？」

「ほら、この前、いつか手料理を振る舞いたいと言っただろう」

あー……そういえばそんなこと言ってたな。

『私が作ったララムーを美味《うま》そうに飲む亭を見ていたら、家族《ゲルブル》に料理を振る舞うのも楽しいと思えたからな。ララムー以外も作れるようになりたいぞ』

『私自身が料理を振る舞いたい。ずっと一緒に食事したい。そう思える相手はたった一人だけだよ、旦那様』

そう言って頬を染めてたメイユエを思い出すと、こっちの鼓動も速くなる。

するとメイユエは少し照れながらニヤッと笑った。

「なんだ？　そんなに私の手料理を食べたかったのか？」

「いや、そういうつもりで言ったんじゃないんだけど……」

まあだからといって、まったく期待してない……なんてこともない。

「……そうだな。いつかご馳走《ちそう》してくれ」

「うぐっ……そう素直に言われるとは思わなかったぞ」

「あ、できれば料理の腕が上がったあとで」

「下手な自覚はあるが……そう言われると業腹《ごうはら》だな。いまに見ておれよ」

フンッとそっぽを向いたメイユエ。どうやら機嫌を損ねたようだ。

俺はそんなメイユエの反応に苦笑しながら言った。

「ああ。楽しみにしてるよ」

◇◇◇

念願のカップ麺でお腹《なか》を満たしたあと、私は自室で馬頭琴《モリンホール》の手入れをしていた。

テスト前なのだから勉強を……とくに苦手な国語の勉強をすべきということはわかっているのだが、こういうときにかぎって掃除や楽器の手入れなど細々したことをしたくなるのはなんでだろう。そんなわけで糸巻きの馬《アドー》の彫り物を磨いていたときだ。

ガサゴソガタガタ……。

なにやら外から妙な物音が聞こえてきた。

なんだろうと思って窓から顔を出して下を見ると、いつも私が夜に馬頭琴を弾いているベランダに隣接した小さな庭、その片隅にあるプレハブの物置の前に亨がいた。どうやら物置から物を出して、なにかを探している様子だった。

気になったので私は馬頭琴を持ったままベランダへと向かった。

物置の前にはいくつかのダンボール箱が出されていた。

「なにをしておるのだ？」

物置の中に居る亨に声を掛けると、亨はひょっこりと顔を出した。

「んー。ちょっと探し物をしててさ」

「探し物？」

「うん。中学時代の物はこの中に入れてたと思うんだけど……」

ガサゴソガサ……。

亨が中へと引っ込み、なにやら物色するような音が聞こえている。私はなにを探しているのか少し気になったので、ベランダに腰を下ろして待つことにした。すると、

「あー、あったあった」

亨がなにやら布で包まれた細長い物を持って出てきた。

「ん？　それが探し物なのか？」

そう尋ねると、亨は「うん」と頷《うなず》いていた。

「中学時代に部活で使ってた木刀。だいぶ奥のほうに入ってたな」

そう言いながら、亨は布製の包みを解いて中の物を取り出した。

それは確かに木製の刀のようだった。

西洋の剣のように真《ま》っ直《す》ぐでなく、我が国の曲刀ほどは刀身が反っていない、日本刀のような形状をしているので……なるほど、たしかに『木刀』だな。

だがその木刀の刀身部分は黒いプラスチック製と思われるなにかが被《かぶ》さっていた。

「その黒いカバーのようなものはなんなのだ？」

「ああ、木刀用の鞘《さや》だよ。居合いの練習用に使ってたんだ」

亨は木刀を腰に当て、膝を少し曲げて体勢を低くすると……。

「っ！」（シャッ！）

木刀を鞘から抜くと同時に、相手の胴を薙《な》ぐように木刀を振るった。

おっ、まさに居合い斬りだな。アニメなどで観たことがあるぞ。

動きも洗練されていて……ちょっと格好いいと思ってしまったのは内緒だ。

「ふむ。中々様になっているのではないか？」

「う～ん……やっぱりちょっと鈍ってるな」

「そうなのか？」

「抜くときに鞘と擦《こす》れる音がしたろ？　上手《うま》く抜刀できてないってことなんだ」

そう言いながら一旦木刀を鞘に戻し、今度はゆっくり丁寧に抜いてみる亨。

あー、今度はあまり音がしなかったな。

ふむ……よくわからんが、亨なりのこだわりがあるようだ。

「でも、なんで急に木刀などを？」

「……まあ、身体《からだ》を鍛えるのは大事かなー、って」

私から視線を逸《そ》らしながら亨は言った。ちょっと言い訳じみている感じもする。

そのリアクションは……なるほど。どうやら〝私のため〟らしい。

政敵に呪われていた影響で、私の不幸体質はまだしばらくは続いてしまうらしい。それだけでなく、つい先日はその政敵に誘拐されたりもした。

亨としては私を護《まも》る手段は多いほうが良いと考えたのだろう。

不器用な亨は口にこそ出さないが、私のための行動なのだろう。

それを察せられるくらいには付き合いも深くなっている。

「まったく……素直ではないな」

「ん？　なにか言ったか？」

「なんでもない。でも、テスト前にやることではないと思うが？」

私がそう言うと亨はピシッと固まった。

はは～ん……私のためなのは確かだとしても、いま物置をあさっていたのはテスト勉強からの逃避だったのだろう。……私が馬頭琴の手入れをしてるのと一緒だ。

「……テスト前って、いますぐやる必要がないことしたくなるよなぁ」

「……うむ」

バツが悪そうに言った亨に、私は心から同意したのだった。

ブン……ブン……ブン……。
～♪　～♪♪♪　～♪　～♪

その後、亨《とおる》は物置から発掘した木刀の素振りを始め、私はそれを見ながら適当に馬頭琴を奏でていた。あーうん……勉強したほうが良いことはわかっていても、すぐに机に向かうモチベーションにはなれなかったのだ。

亨は右足で踏み込みながら上段に構えた木刀を振り下ろし、もとの位置に戻りながら正眼に構えるといったことを繰り返していた。ブン……ブン……とテンポ良く木刀が空を切る音が聞こえている。そのリズムは一定で乱れもない。

（ふむ……）

気付けば私はそのリズムに合わせるように曲を奏でていた。

～♪～♪　♪～♪～♪

曲は漢土の民謡『草原情歌』。亨がよく「弾いてよ」とねだる曲だった。

焼き肉デートのときや、私の誘拐事件解決後の夜に語らったときに弾いていた曲でもあるため、私にとっても思い入れのある曲になっていた。

ブン……ブン……ブン……。

～♪　～♪♪♪　～♪　～♪

（あれ？　もしかして……）

そうやって弾いていると、亨の素振りの速度も曲に合わせるようなものになっていることに気付いた。曲のペースに合わせてかややゆったりめに素振りをしている。まるで手拍子か、メトロノームに合わせて演奏しているような気分になる。

（……フフッ、よし）

三番まで弾ききった私は、そこである悪戯《いたずら》を思いついた。


♪♪♪♪!!　♪♪♪♪!!　♪♪♪♪!!　♪♪♪♪!!


「っ!?」

私がいきなり激しく馬頭琴を奏でだしたので、亨は面食らっていた。

曲は『万馬奔騰』。たくさんの馬群《アドー》が大地を震わせて疾走する様が思い浮かぶ曲だ。馬頭琴のための曲としては、多分、もっともメジャーな曲と言えるだろう。

ブンッ！　ブンッ！　ブンッ！　ブンッ！

亨も釣られて素振りの速度が上がっていた。

ただテンポが速過ぎるため、上手く流れに乗れていないようだ。

そんな亨の様子を見ながら、

♪♪～♪～♪　♪～♪♪～♪

私は急に曲を漢土の民謡『茉莉花《モーリーホア》』に切り替える。

茉莉花《モーリーホア》とはジャスミンのことで、花を愛《め》でる人の心が『草原情歌』よりもゆったりとしたテンポで奏でられる。『茉莉花《モーリーホア》』にはいくつか種類があり「美麗的《メイリーディ》」などの歌詞が入るほうが有名だが、曲として奏でるなら「好一朵　茉莉花《ハオイードウオモーリーホア》」と歌う江蘇《こうそ》版のほうが好きだ。

「ちょっ……」

ブン………ブン………ブン………。

さっきまで慌ただしく木刀を振ってた亨も、この曲だと急に動きが遅くなっていた。あまりにノンビリとした動作で、素振りになっているのかどうかも怪しい。

♪♪♪♪!!　♪♪♪♪!!　♪♪♪♪!!　♪♪♪♪!!

そしてまた再び『万馬奔騰』を奏で出す。

大勢の馬群《アドー》が再び大地を震わせて走り出す。

♪♪～♪～♪　♪～♪♪～♪

かと思えばまた『茉莉花《モーリーホア》』のメロディーに切り替える。

一転して嫋《たお》やかな貴婦人が佇《たたず》むような雰囲気になる。

私はそれからは『万馬奔騰』と『茉莉花《モーリーホア》』を交互に演奏してみた。亨の素振りのテンポはその度に速くなったり、遅くなったりしていたのだが……。

「だあああ！　テンポ崩れるからやめろお！」

ついに耐えきれなくなったのか、亨がそう叫んだ。

疲れたのか肩で息をしている。私は悪戯《いたずら》が成功して上機嫌になった。

「アハハ。意外と頑張ったではないか」

私がそう言うと、亨は苦笑しながら木刀を担いだ。

「はぁ、はぁ……ったく、後半はリズムゲームやってる気分になってたぞ」

「もう一回遊べるドン、だったか？」

「勘弁してくれ……」

肩を落とす亨がおかしくて、私はまた笑ってしまった。すると……。

「……はあ」

「「うわっ」」

急に聞こえてきた第三者の溜息《ためいき》に、私と亨はビクッと跳ねた。

振り返ると、いつの間にやら亨の妹（私の義妹？）の須玖瑠《すぐる》が後ろに立っていた。

須玖瑠はなにやら可愛らしい顔を両手で覆いながら、

「……家に帰ってきたら、兄と義姉《あね》がイチャイチャしてて居たたまれない」

と、羞恥と呆《あき》れが半分半分な感じでぼやいた。

「イ、イチャイチャなどしておらんぞ。なあ、亨?」

「あ、ああ。俺は素振りをしてただけだ」

「私は馬頭琴《モリンホール》を弾いていただけだ」

気恥ずかしくて二人して言い訳がましいことを言ったのだが、それでも嘘《うそ》は言っていないはずだ。そう思ったのだけど、須玖瑠はもう一度溜息を吐《つ》いた。

「素振りと演奏だけであんな甘々な空気を出せるなら、そっちのほうがおかしい」

「「うっ」」

「さすが夫婦」

「「魂だけの関係だけどな!」」

咄嗟《とっさ》の言い訳がハモってしまった。

須玖瑠にも「ほらやっぱり仲良し」とさらに呆れた目で見られて、バツが悪くなった私たちはソソクサと部屋に戻ったのだった。……テスト勉強でもするか。

【なぜなに？ カレムスタン8】

草原式うどん

亭　「えっ、このコーナーってまだやるの？」
美月「うむ。ネタ切れまではやろうかと思っている。今回のテーマはうどんだ」
亭　「ツォイワンと……ゴリラ汁だっけ？」
美月「だからゴリルタイ・シュルだと言ってるだろうが！」
亭　「絶妙に覚えにくいんだよなぁ……焼きうどんと肉うどんだっけ？」
美月「うむ。だが草原で食べられているうどんは、日本人が想像するものとは少し違うな。水で練った小麦を油でコーティングし、切って麺にする感じだ。麺は幅広で短めだ」
亭　「山梨のほうとうを短くした感じ？」
美月「むしろ大分のだんご汁の麺が近いだろう」
亭　「いや、なんでそんなローカルフードに詳しいんだよ」
美月「ぶらりする旅番組で観た。我が国の麺に似てたので憶えていた」
亭　「相変わらず知識が偏ってるなぁ」
美月「ツォイワンは野菜炒めにそのうどんが入っている感じだな。味は塩が基本だが油が多めなのでこってりしている。我が国ではウイグル族からクミンを仕入れて使ったりしている。日本で作るなら醤油とかで作っても美味いだろう」
亨「うどんと言うよりは塩焼きそばのが近いか？」
美月「そうかもしれん。そしてゴリルタイ・シュルは肉のスープにうどんを入れたものだ。名前もモンゴル語で『麺のあるスープ』という意味だ」
亨「ん？　スープなの？」
美月「草原の民にとっては羊肉のスープこそが主役なのだ。風邪を引いたときなどにはとにかくスープを飲めって言われるくらいにな。うどんは脇役だ」
亨「『肉汁うどん』ではなく『うどん入り肉汁』って感じか」
美月「うむ。地方によっては相手を食事に誘うとき『スープを飲みに来ないか？』と誘うところもあるそうだ」
亨「へぇー。じゃあメイユエをナンパするとしたら『ちょっとお茶でも飲まない？』より『ちょっと肉のスープでも飲まない？』のほうが正解なのか？」
美月「正解以前に嫁をナンパしようとするな」
亨「……そういえば、サービスでテールスープが必ず付いてくる焼き肉屋があるらしいんだけど、今度一緒に行かないか？」
美月「行く！」
亨（ナンパ、成功してんじゃん……）

2，生徒会からの刺客

俺とメイユエが通っている飯観山《いいかんやま》高校。

この高校では二年生からは文系クラスと理系クラスを選ぶことができる。

文系クラスは化学・物理が、理系クラスは日本史・世界史が時間割から消える（地理・現代社会・生物・地学は希望者のみの選択授業）。もちろんテストもない。

逆に一年生のときはすべての科目を勉強することになり、テスト科目も多い。

テスト科目は現代文、古文&漢文、数学Ⅰ、数学A、英語筆記、英語リスニング、日本史、世界史、化学、物理、保健体育の十一種類で、そのうち保健体育のテストは授業時間内に行われるので、全十種を一日二科目で五日間行われることになる。

そんな期末テストを明日に控えた日曜の午後。

俺は部屋でテスト勉強をしていた。

勉強は一部教科を除いて得意ではないのだけど、勉強しなければ赤点を回避することもできないのだから仕方ない。……早く文系だけのクラスになりたい。

そんなことを思いながら、明日の英語のテストのために単語を覚えていたとき、不意に机に投げ出してあったスマホに着信があった。

なんだろうと確認すると、メッセージアプリに一通のメッセージが。

威堂《いどう》先輩：志田《しだ》。連絡したいことがあるんだけど、いま大丈夫？

（えっ？　威堂先輩？）

発信元はうちの高校の二年生である威堂先輩だった。

威堂智風《ちかぜ》先輩。ボーイッシュな顔立ちの美人な先輩で、あとで聞いた話だと飯観寺《いいかんじ》先輩と同じクラスらしい。威堂先輩も俺と同じロードバイク乗りなので、近所のサイクルショップで知り合い、たまに情報交換をするような間柄になっていった。

この前はメイユエが乗るための自転車の用意を手伝ってもらったりしたっけ。

そんな威堂先輩からの突然の連絡。

亨《とおる》：なんですか？

そう返信するとすぐに既読が付いた。

すると「～♪」と電話が掛かってきたので、俺は通話ボタンを押した。

「もしもし？」

『あ、志田？　いま大丈夫？　ちょっと話せる？』

「大丈夫です。いまテスト勉強してたんで」

『……そっか。ある意味ちょうど良いわね』

ん？　なんかいま一瞬、変な間があったような？

すると威堂先輩はコホンと咳払《せきばら》いをした。

『ねえ志田。アナタって開運部に入ったのよね？』

「えっ、なんで威堂先輩が知ってるんですか？」

『バカねー。私が学校でどこに所属しているのか忘れたの？』

「……あっ。生徒会」

そうなのだ。威堂先輩はうちの高校の生徒会で副会長をしている。

なんでもその男前な統率力と、幅の広い交友関係、そして女子生徒からの高い人気を現会長から買われてスカウトされたらしい。

『つまり、名義上は同好会だった開運部が、部活に昇格するのを許可したのは私たちってわけ。そのための書類にアナタの名前もあったから』

「なるほど」

『……でも、生徒会の中にそれを良く思っていない子がいるのよ』

威堂先輩が申し訳なさそうな声で言った。

『一年の庶務に威勢の良い子がいてね。「開運部なんて怪しげな部活は認められません！いっそ廃部にするべきです！」って息巻いてて』

「はー……」

めっちゃ目の敵にされてるじゃん。怪しい部活なのは否定できないけど。

威堂先輩は疲れたように溜息《ためいき》を吐いた。

『学校側にも同じようなことを言ったみたいなんだけど、軽くあしらわれちゃったみたいで、余計にムキになっているみたいね』

（……まあ飯観寺と飯観山高校の関係ならねぇ）

飯観山高校はなかなか曰《いわ》く付《つ》きな土地に建てられているせいか、奇怪な出来事も度々起こるようで、その対処は近所のお寺『飯観寺』を頼りにしていた。

このお寺は名前のとおり、開運部部長の飯観寺先輩の実家であり、開運部は『悪縁を絶ちきり、良縁を導く』を活動方針にしているけど、除霊のようなことも行っていた。

そんなわけで学校と飯観寺とはズブズブの関係であり、一生徒が廃部の嘆願をしたところで一蹴されるだけだろう。

ただ威堂先輩曰く、その子はまだ諦めていないらしい。

『で、その子は開運部を廃部にするための粗を探してるってわけ。ちょうど明日からテスト期間でしょ？』

「？　そうですね……って、まさか」

『うん。赤点をとるような部員がいると、その子に口実を与えることになるわ。だから気を付けてって伝えたくて電話したの』

マジか……。「赤点とらなきゃいいか」ぐらいに考えていたテストだけど「絶対に赤点をとってはならない」って言われると、プレッシャーになってくるな。

『開運部って飯観寺以外は一年でしょ？　飯観寺には私が連絡を入れておくから、一年メンバーには志田から連絡を回してあげて』

「了解ですけど……もしかして威堂先輩は生徒会側《そっち》ですか？」

そう尋ねると、威堂先輩は『バカね』と電話の向こうで笑っていた。

『だったら連絡なんてしないわよ。私はニュートラル』

「中立《ニュートラル》？」

『そ。開運部が怪しいのは確かだけど、飯観寺は変人っぽいけど良いヤツだし、学校側から認められてる部を潰す気はないわ。かといって、やる気ある一年の行動をやめさせる気もないけどね。だからニュートラル』

まあ……こうして教えてくれるだけありがたいって感じか。

すると威堂先輩は電話の向こうでクスクスと笑っていた。

『だからまあ、頑張って勉強しなさいな』

「……わかりました」

威堂先輩との電話が切れて、俺は同じ開運部のメンバーであるクラスメイトの愛菜《まな》にいま聞いた内容を打ったメッセージを送った。俺は同じく開運部メンバーである南雲《なぐも》さんへの連絡手段を持っていないため、最近仲の良い愛菜にこのことを伝えるように頼んだ。

愛菜：ＯＫ(*^_^*)　任せて！

　愛菜からそんなメッセージが来たのを確認して、俺はメイユエの部屋に向かった。

　いきなり開けると怒られそうなのでコンコンコンとノックをする。

「メイユエ～、ちょっといいか？」

『お、おう。は、入っていいぞ』

　部屋からそんな声が聞こえてきた。なんか返事が変だったような……でもまあ、許可は出ているのでガチャッと扉を開けて中へと入る。すると……。

「………」

　部屋の中ではベッドの上で三点倒立をしているメイユエの姿があった。

　扉を開けると、そこには嫁（魂）の奇行があった（『雪国《ゆきぐに》』風感想）。

「……なにをやってるんだ？」

「な、なにって、逆立ちだが？」

　メイユエが少し苦しそうに答えた。

「いや、なんで逆立ちなんてしてるんだよ、って聞いたんだけど」

「べ、勉強に行き詰まってな。頭に血を送ればどうにかならないかなって」

「そんな力業《ちからわざ》じゃどうにもならないと思うぞ？」

　俺は溜息を吐《つ》きながら、メイユエのベッドに腰を掛けた。

すると俺の体重が乗ったせいでベッドが沈み込み、三点倒立をやめて起きようとしていたメイユエがバランスを崩した。

「うわっ！」「うおっと!?」

後ろ向きに倒れてきたメイユエを咄嗟《とっさ》に支えようとする。

頭を打たないように肩を摑《つか》んで抱き寄せると、すっぽりと俺の胸元に収まった。俺の胸側に、メイユエの背中側がピッタリとくっついている。

「す、すまん。助かった」

メイユエが首を後ろに倒して、見上げながら言ってきた。

その仕草にちょっとドキッとしてしまったのは内緒だ。かなり密着してしまったため、メイユエの髪の香りなんかに意識を持って行かれそうになるけど。

と、そこでメイユエも体勢の恥ずかしさに気付いたのか、パッと離れた。

そして勉強机の椅子に座ると、気を取り直すようにコホンと咳払いをした。

「そ、それで？　なにか話があったのではないか？」

「あ、ああ。そうだな」

平静を装っていたけどメイユエの顔は赤くなっていた。ただ、そこを指摘すると……多分、いまの俺も似たような感じだろうからやぶ蛇にしかならないだろう。

ゆえに俺はそこはスルーして威堂先輩から聞いた話を伝えた。

「ふむ。そんなことになっておるのか」

話を聞き終えたメイユエは腕組みをしながら唸《うな》った。

「故郷からの刺客を退けたかと思えば、今度は生徒会に狙われるとはな」

「いや、命取りに来たガチの刺客と比べるのもどうかと思うけど」

「私たちにとって厄介者ということに変わりあるまい」

「それは……そうか」

刺客のときみたいに〝タマフリ〟で暴れて解決もできないし、厄介さは上かもな。

俺とメイユエは揃《そろ》って溜息を吐いた。

「なあ亨。お前は勉強はできるのか？」

「……ギリギリ平均ラインをキープしてる。気を抜くと危ない。メイユエは？」

「母上に通信教育を受けさせられていたからな。理数系と英語と世界史ならば高得点をとる自信があるが……国語と日本史はかなり危ないと思う」

まあメイユエは異国のお姫様だからな。教わる必要のなかった教科なのだろう。

でも、理数系とか強いのは羨ましいな……あれ、もしかして俺のほうが危ない？

「……と、とりあえず、明日の英語リスニングと世界史を乗り切ろう。そのあとは飯観寺先輩の家に集まって、みんなで対策を練ろう」

「う、うむ。【急ぐウサギはアキレス腱《けん》に糞《くそ》が付く】と言うからな」

「どういう意味？」

「焦ってジタバタしてもろくなことにならない、という意味だ」

急《せ》いては事をし損じる……とかそんな意味だろうか？

「そうだな。が、がんばろう」

俺とメイユエはガッチリと握手をした。

◇　◇　◇

翌日。一日目のテスト二科目の終了後。

「ねえ美月さん！　テスト、どうだった？」

「大丈夫？　難しくなかった？」

「日本語ペラペラだし、大丈夫なんじゃない？」

よく私に声を掛けてくれるナツ、アキ、フユの三人が私の席にやって来て言った。

真っ先に声を掛けてくれた元気娘が夏樹《なつき》ことナツ。

おっとりした声で尋ねてきたのは、体重を気にしがちな秋恵《あきえ》ことアキ。

そして二人のまとめ役であるしっかり者の眞《ま》冬《ふゆ》ことフユ。

夏《ゾン》、秋《ナマル》、冬《ウブル》とくれば、あとは春《ハワル》が居れば完璧なのだがどうやら名前に春が付く友人はいないらしい。どこかに春美《はるみ》とか千春《ちはる》とかハルバートとか居ないものか。

そんなどうでもいいことを考えながら、私は「なんとかな」と返事をした。

「今日の科目は問題ない。問題なのは国語系と日本史だな……」

「あー、美月さんって〝帰国子女〟だもんね」

ナツがそう言って納得したように頷《うなず》いていた。

私は『留学生の張美月《チャン・メイユエ》』ではなく『帰国子女の志田《しだ》美月』という扱いになっている。遊牧民族国家『カレムスタン』の王女という立場を公にするとなにかと面倒なので、亨《とおる》たちの親戚という体をとらせてもらってるわけだ。もっとも……。

『お嬢様は嫁がれたのですから、志田姓を名乗っても問題ないでしょう？』

と飛文はクスクスと笑っていたな。絶対に楽しんでるだろう。

するとフユがポンと手を叩《たた》いた。

「ねえ美月さん。このあと三人で勉強会しようって話してたんだけど一緒に来ない？」

「あーいいねぇ。国語なら教えられると思うよ」

アキがおっとり顔で微笑《ほほえ》みながら言った。ナツも頷いている。

三人とも良いヤツなんだよな。転校生の私をなにかと気にかけてくれるし。

「誘ってもらえて嬉《うれ》しいのだが……私もこの後、部活仲間と勉強会の約束があるんだ」

「そっか。じゃあまた次の機会にってことで」

フユは気にした様子もなく手をヒラヒラと振った。

次の機会……か。三人と勉強会をするには百メートル圏内に亨に来てもらわなければならないんだよなぁ。そうでないと私か亨の魂が抜けてしまうし。

まあでも、できないこともないか……と考えていたとき。

三人娘の向こうで小紅《こべに》が我関せずで帰り支度をしているのが見えた。

同じ開運部のメンバーであり、生粋のオカルトマニアでもある南雲小紅。彼女は人付き合いを面倒に思い、一人で静かに過ごすことを望む筋金入りの陰キャだった。見た目は子ウサギのような雰囲気なのに、孤独を愛する変わり者だ。

今日のテストが終わって騒々しい教室の雰囲気など気にも留めていない。

するとそんな小紅のもとに歩み寄る人物がいた。

「テストの結果はどうだったのです？　南雲さん？」

小紅と同じくらい小柄で、童顔とサイドで結んだ一房のお下げが幼い印象を抱かせるその女子生徒は、小紅の前に立つと腕組みをしながらねめ付けるような目で言った。

うちのクラスに居た気がするが、まだ顔と名前が一致しない者も多い。

「チワワ……」

すると小紅がボソッと呟《つぶや》いた。チワワ？

チワワと呼ばれたその女子は怒ったようにバンッと机に手を突いた。

「千和《ちわ》よ！　大庭千和《おおばちわ》！」

「だからチワワ」

「わざと言ってるでしょ、アンタ！」

なにやらお怒りモードのチワワ……じゃなかった千和を、小紅が軽くいなしている。

人見知りな小紅が人と会話しているのも珍しいのに、あんな風に高圧的に出られても涼

しい顔をしていられるというのはさらにレアだ。どんな関係なのだろう？

気になった私はナツ、アキ、フユに断りを入れて、二人のもとへと向かった。

「なにを話しているのだ？　小紅」

「っ……美月さん」

私が声を掛けると小紅は一瞬ビクッとした様子だった。

えー……私に対してはまだ壁があるのか？

「貴女《あなた》……転校生の志田さんよね？」

するとと千和が若干の敵意の籠もった目で睨《にら》んできた。

睨まれても小動物の威嚇にしか見えんが。あっ、だからチワワなのか。

犬が怖い私的には本物のチワワのほうがずっと怖いが。

「そういえば、志田さんって開運部に入ったのよね？」

千和にそう言われて私は頷いた。

「そうだが、それがなんだというのだ？」

「よくあんな胡散臭《うさんくさ》い部に入る気になったわね。部長も部員も変人なのに」

飯観寺《いいかんじ》と小紅のことか？　たしかに胡散臭いのは否定しづらいが。

小紅のほうをチラッと見ると、まったく興味なさそうな顔をしている。そんな彼女の態度がかんに障ったのか、千和は犬歯が見えるくらい歯を食いしばっていた。

「すかしてくれちゃって……見てなさいよ！　開運部なんて絶対潰してやるんだから！」

そう言うと、千和はプリプリと怒りながら去っていった。

なんというか小動物臭と同時に嚙《か》ませ犬《いぬ》臭もする娘だなぁ……。

「で、彼女とはどういう仲なのだ？」

小紅に尋ねると、彼女はこっちを見ずに「腐れ縁」と呟いた。

「家が近所で幼稚園から小・中・高と一緒だった」

「ふむ。幼馴染《おさなな》み《じ》というヤツか」

「そんなにいいものじゃない。小学校低学年くらいまでは一緒に遊んだりもしたけど……それ以降はなにかと突っかかってくることが多くなった。高校生になってからは生徒会に入っているみたい」

「ん？　じゃあ開運部を潰そうと意気込んでいる人物というのは」

「多分、彼女」

なるほど。小紅を目の敵にしているから開運部を潰そうとしているわけか。

開運部自体の問題というわけではないようだ。

「でも、昔は仲が良かったのだろう？　二人の間になにかあったのか？　同じ男子を好きになって仲がギクシャクしたとか？」

そう尋ねると、小紅は小首を傾《かし》げて考え込んだ。

「そんなベタな展開なんてなかったけど……疎遠になったのは、ちょうど私がオカルトグッズを集め始めたころかも。小学生時代の真ん中くらいだったし」

「ふむふむ」

「チワワは極度の怖がり。幽霊や都市伝説みたいなオカルトが大嫌い」

「ふむふ……ん？」

「私の部屋に曰《いわ》く付《つ》きアイテムが増えたころから、家には来なくなった。それだけじゃなく私が集めたオカルトグッズを捨てさせようと躍起になってる。多分、開運部の部室に私が曰く付きアイテムを保管しているのも許せないんだと思う」

いや、それは完全に小紅が原因だろう。

「いや、それは完全に小紅ちゃんが原因じゃない？」

「……」

放課後。高校近くの飯観寺に開運部メンバーである私、亨、愛菜《まな》、小紅、飯観寺の五名が集まり、ひととおりの事情を聞いた愛菜は私と同じような感想をもったようだ。

愛菜は亨と同じクラスのいかにも女の子らしい女の子だ。

本人が「私は人が好き。奇人変人どんと来いだよ」と言うくらい、誰にでも話しかけるし、誰とでも仲良くなれるコミュ力の高さも持っている。ちなみに若干の霊感があるため幽体離脱状態の私や亨が見える数少ない人物の一人だったりもする。

最近は小紅ともっと仲良くなりたいようで積極的に話しかけているようだったが、そんな愛菜をしても小紅の肩は持てなかったようだ。

亨と飯観寺も苦笑いを浮かべている。

「ま、まあ……私怨で潰そうとしているくらいなら無視してもいいんじゃないか？　威堂《いどう》先輩もメンバーの独断って言ってたから、生徒会が動くこともないだろうし」

「我が輩も威堂殿からそう聞いておりますな」

飯観寺も頷いていた。

飯観寺辰明《たつあき》。開運部の部長で、この中では唯一の高校二年生だ。

この飯観寺の子息であり、大柄でスポーツ刈りという中々個性的な見た目をしている。話し方も独特でやや変人ぽくはあるものの、寺生まれらしく霊感があり、心霊関係では頼れる人物だった。幽体離脱しがちな私と亨はなにかとサポートしてもらっている。

そんな飯観寺は腕組みをしながら唸《うな》った。

「威堂殿も、大庭殿がなにを言ったとしても、相当なやらかしでもしないかぎりは廃部にしないから安心してほしい、と言っていましたな」

「じゃあ赤点とっても大丈夫なんだ？」

愛菜がそう言うと、飯観寺は苦笑しながら首を横に振った。

「いやいや、廃部にはされないまでも赤点はまずいですぞ。あんまり酷《ひど》いと夏休み中に補習を受けなければならなくなりますからな」

「あっ、そうか。補習があるんだっけ」

「はい。せっかく我が開運部も皆さんのおかげで正式な部になれたのです。夏休み中に合宿などを企画しておりますので、補習《み》はまずいですなぁ」

おお合宿！　学園物のアニメで観たことがあるぞ！

それは楽しみだと思っていると、亨と愛菜がなにやら顔を見合わせていた。

(「なあ愛菜。開運部の合宿って、まさか……」)

(「……うん。オカルトチックな想像しかできないねー」)

(「どうする？　心霊スポット探訪旅行とかだったら」)

(「それは……ちょっと興味あるかも」)

(「マジかよ」)

なにやらコソコソと話している二人。……ムー。

「二人してなにを話しているのだ」

ちょっとモヤモヤした私は二人の間に割って入るようにして尋ねた。

すると二人は視線を泳がせながら、

「いや、合宿の場所がどこなのか気になるなーって話してたんだよ」

「うんうん」

……と、答えた。二人はチラチラと飯観寺のことを見ていたようだけど……やっぱりなんだかモヤモヤする。

◇　◇　◇

「うちの学校の赤点ラインだけど、各科目ごとは四十点以下をとると赤点。全科目だと平均して六十点以下をとると赤点って感じかな。ちょっと足りないくらいなら内申点でオマケしてくれたりもするけど……ザックリとはこんな感じ」

愛菜が初めてテストを受けるメイユエに赤点の説明をしていた。

とりあえず全員の学力がどんなものかを調べようということになったのだ。

「私は得意科目はないけど、大体の科目が六十点以上はとれてるから一先《ひとま》ず赤点の心配はないと思う。亨《とおる》くんは？」

愛菜に尋ねられて、俺は腕組みをしながら考えた。

「俺は……大体の科目が五十点から六十点くらいかな」

「ダメではないか。それだと平均六十点に届いてないだろ」

メイユエに呆《あき》れたように言われた。面目ねぇ……。

「あっ、でも歴史系は得意だからそれで平均点は引き上げられてる。日本史と世界史なら最低でも八十点以上はとる自信があるし、中間テストも赤点にはならなかった」

「へー。歴史得意なんだ。なんか意外」

愛菜が感心したように言うと、メイユエが首を傾げた。

「なんだ？　親が歴史の先生とかか？」

「いやいやそんな安直な……」

なんの捻《ひね》りもない解答に、愛菜が苦笑気味にツッコんだけど……。

「あれ、言ってなかったっけ？」

「えっ、まさかの大正解!?」

「考古学者なんだよ。いまも発掘作業で海外に行っている」

まあそんなわけで我が家には、マンガで学ぶ日本史・世界史・偉人伝みたいな本がいっぱいあったのだ。小学生時代なんかは、暇つぶしによく読んでいたっけ。おかげで歴史の授業がわかりやすいんだよなぁ……あ、これマンガで読んだところだ、って。

するとメイユエが少しムッとした表情をしていた。

「義父上《ちちうえ》のこと、私も初耳なのだが？」

「そういえば……うちの家族の話題にはならなかったな」

これまでどうしてもメイユエの家の事情に巻き込まれることが多かったからな。遊牧民族のお姫様の実家に比べたら、我が家なんて平々凡々もいいとこだし。

するとメイユエは俺の肩に自分の肩をピトッとくっつけてきた。

「また今度教えてくれ。義父上のことや……亡くなられた義母上《ははうえ》のこととか」

「お、おう」

なんだろう。仕草や言い方に少しドキッとしてしまった。

俺たちがそんなことを話している間も、愛菜たちの話し合いは続いていた。

「飯観寺先輩はどうです？」

「二年は文系と理系クラスに分かれてますからな。苦手科目は減りましたぞ」

「じゃあ小紅《こべに》ちゃんは？」

「私も……問題ない。どの科目も七十五点以上はとれるから」

えっ、かなり優秀なの？　意外……ってこともないか。

抱えているのが『夜中に頭頂部が伸びるテディベア（通称・モヒカンベア）』じゃなくて文庫本とかなら、文学少女でも通じる見た目をしているしな。

「それじゃあ最後は美月さんだけど」

「うっ……私か」

愛菜に話を振られたメイユエは顔を引きつらせていた。

「美月さんはどう？　苦手科目はある？」

「母上に無理矢理勉強させられていたから、ある程度の科目は自信があるが……国語系と日本史は自信がない。古文&漢文は漢文のほうで点数は稼げそうだが」

「ああ……やっぱり外国生まれだもんね」

「私にとってはここが外国だ。とくに諺《ことわざ》や慣用句などが難しいな」

「？　憶《おぼ》えればいいだけじゃ？」

「いや、私の場合は憶え直しになるんだ。私の国にも同じ意味の諺があったりするし、それがごっちゃになってしまったりする」

「そうなの？」

するとと愛菜は現代文の教科書をパラパラと捲《めく》った。そして、

「それじゃあ亨くん、小紅ちゃん、美月さんに問題」

と、言いだした。えっ、俺たちも答えるの？


愛菜「問題！『【猿も木から落ちる】と同じ意味の諺を答えよ』」

亨「えっ……えーっと……あ、【河童《かっぱ》の川流れ】」（ピンポーン♪）

小紅「【弘法《こうぼう》も筆の誤り】」（ピンポーン♪）

美月「【力士も太い草につまずく】」（？？？）


愛菜「問題！『人への親切はいつか自分のためになるという意味の諺は？』」

亨「【情けは人のためならず】……で、合ってる？」（ピンポーン♪）

小紅「【陰徳あれば陽報あり】」（ピンポーン♪）

美月「【茶碗《ちゃわん》の返しはその日に　馬《アドー》の返しはその年に】」（？？？）


「……美月さんのだけ正解かどうかわからない」

出題者の愛菜のほうが頭を抱えていた。

まあ草原の諺としては実在しているのだろうけど、テストの問題文は日本の諺を聞いて

いるのだろうから不正解扱いされてしまうだろうな。

「つまりこの中で赤点の危険があるのは、全体的にやや苦手な科目が多めな俺と、特別に苦手な科目が二つあるメイユエってことになるのか」

「まあ私も気を抜いたら危なそうだけどねー」

「文系理系が分かれたとはいえ、数学はまだ残ってますからなぁ」

愛菜と飯観寺《いいかんじ》先輩も溜息《ためいき》交じりに言った。安全圏は南雲《なぐも》さんだけか。

「まあ頑張るしかないだろう。……気乗りはしないが」

メイユエが頬杖《ほおづえ》を突きながら言った。

「せめてなにか、やる気が出るようなことでもあれば良いのだが」

「やる気スイッチ、みたいなの？」

「そんなところだ」

「う～ん……あっ、そうだ！」

すると愛菜がポンと手を叩《たた》いた。

「それじゃあこういうのはどう？　美月さんが赤点をとらなかったら亨くんがなにかご褒美をあげるの。逆に亨くんが赤点をとらなかったら美月さんがご褒美をあげる。そんな風にすればモチベーションにならないかな？」

ご褒美？　俺がメイユエに？　メイユエが俺に？

あ、愛菜のヤツ、ニヤニヤしてやがる。

（夫婦なんだから、そういう甘々なのがあっても良いんじゃない？）

……とか思ってそうな顔だ。面白がってやがる。

するとメイユエが腕組みをしながら「ご褒美ねぇ……」と唸った。

「亨に、私がやる気になるようなものを用意できるのか？」

む。そう言われるとムカッとくるな。

ご褒美……メイユエの好きなものといえば、馬と馬頭琴《モリンホール》……それと……あっ。

「なあメイユエ」

「ん？」

「この国には実物大ジャンガル像が何機か存在しているんだ」

「なん……だと……」

メイユエの顔色が変わった。衝撃の事実を突きつけられた人みたいになっている。

アニメ『重装機兵ジャンガルⅡ《ツヴァイ》』は、メイユエが須玖瑠《すぐる》と（あと飛文もか）一緒に毎週楽しくリアタイ視聴している大人気のロボットアニメだ。

メイユエが馬と馬頭琴の次くらいに好きなものが、このジャンガルだった。

「ジャ、ジャンガルは初代のものでも十八メートルはあるのだぞ？　そ、それの一分の一サイズなど本当に存在するのか？」

「ある。ここらへんだと、お台場《だいば》には装備展開ギミックのあるドラゴンジャンガルの像が建っているし、横浜《よこはま》には動く初代ジャンガルの像が建っている」

「おおお！」

目を輝かせるメイユエ。良いリアクションだ。

こういうリアクションは異文化圏出身って感じがするよな。

「もし、メイユエが赤点をとらなかったら、どっちでも好きなほうに連れて行こう。これがご褒美ってことでどうだろうか？」

「むむむ……それは、魅力的だな」

メイユエは願ったり叶ったりのようだ。よし！

ガッツポーズしていたら、愛菜《まな》がニヤニヤしながらこっちを見た。

「デートがご褒美なんてやるねー。よ、色男」

「……さあてなんのことやら」

肯定しても否定しても面白がられそうなので、曖昧な返事で流す。

すると愛菜は今度はメイユエのほうを見た。

「それでそれで。美月さんのほうはどんなご褒美をあげるの？」

「うっ……そうあらたまって聞かれるとなぁ」

メイユエは視線を泳がせた。

「もし亨になにか欲しい物があるなら、母上に頼んで用意してもらうが……」

「そ、そういえば美月さんってお姫様で社長令嬢なんだっけ」

いきなりのブルジョワな台詞《せりふ》に愛菜も若干引いていた。メイユエ自身は遊牧生活で質素をむねとしているけど、俺たちより遥《はる》かに裕福な家なんだよな。

「だが、あまり高価な物だと亨も受け取らないだろう？」

メイユエに尋ねられて、俺は素直に頷《うなず》いた。

「そりゃまあ……気まずいし」

以前メイユエには『嫁の実家の支援を受けたくない夫のプライド』みたいに言われたけど、仮とはいえ嫁さんの前では見栄《みえ》くらい張らせてほしい。

「でも、ラーメンのトッピング全部のせくらいなら喜んで奢《おご》ってもらうぞ？」

「それだと私の気が済まん。う～む……あ、そうだ」

メイユエはポンと手を叩いた。

「一先ず『私が亨の言うことをなんでも一つだけ聞く』というのはどうだろう」

「え、なんでも？」

思わず聞き返すと、メイユエはコクリと頷いた。

「うむ。私にできることならばな。もちろん無茶なものや……その……エッチな願いなら断らせてもらうぞ。……まあハグ程度ならしてやらんこともないが」

頬を少し赤くしながらそんなことを言うメイユエ。

なんか前にもこんなことがあったような。そのときと比べると、ハグが許された分、俺たちの中も深まってきているということだろうか。

そう思うと……なんだか照れる。

「お、なんか良い雰囲気？」

「これは……私たちのことを忘れている」

「カッカッカ！　仲が良くて結構なことですな！」

愛菜、南雲さん、飯観寺先輩に口々に言われ、俺たちは我に返った。

メイユエは恥ずかしかったのかコホンと咳払《せきばら》いをすると、拳を突き上げた。

「と、とにかくだ！　皆、頑張って赤点を回避するぞ！」

「「「おー！　」」」「……おー」

◇　◇　◇

その日の深夜。

「違うぞ。y＝4のときのみならそれだけで良いが、yは±4なのだから－4のときの解も一緒に書かねば間違いになる」

「ああ、そうか」

私は自分の部屋に亨《とおる》を招いて明日のテスト科目である数学を教えていた。私たちは小さめのテーブルを挟むように座り、額を突き合わせるようにして問題集を解いていた。理数系は私のほうができるので、今回は私が亨に教える側に回っている。

すると亨がペンを動かす手を止めて溜息を吐《つ》いた。

「それにしても……メイユエって本当に頭良かったんだな」

「なんだ？　喧嘩《けんか》なら言い値で買うぞ？」

私がジト目で睨《にら》むと、亨は慌てたように首を横に振った。

「あーいや、バカって思ってたわけじゃなくてさ。こっちの暮らしに慣れるまでは、俺がなにかと教える側だったろ？　こうして教えられる側に回ると妙な感じがして」

「……そういうことか」

日本《ヤポン》の暮らしに不慣れな私を、亨はなにかとサポートしてくれたからな。

たしかに亨に物を教える側になるというのは新鮮だ。若干の優越感もある。

「亨は勉強が苦手なようだ。ただ、答えを焦ってのうっかりミスが多いから、そこさえ気を付ければ平均的な点数はとれると思うぞ」

「へーい。気を付けます」

気のない返事をする亨。ちゃんとわかっているのだろうか？

と、そんなとき、私のお腹《なか》が「ぐ～」っと鳴った。

「っ！」

意外に大きな音が出て自分でもビックリだ。

まさか聞かれてはいまいな……と、顔を上げると、亨がニンマリと笑っていた。

「お腹空《す》いてるのか？」（ニヤニヤ）

「うぐっ……仕方ないだろう。夕飯からも時間が経《た》っているのだから」

時刻は十一時くらいか。いつもなら寝てるころなので、小腹が空くのも無理はない。

すると亨は「よっこらせ」と立ち上がった。

「俺も腹減ってきたし、教えてもらってるお礼になにか作ってくるよ」

「夜食か！　嬉《うれ》しいが……飛文は許してくれるだろうか？」

「さすがに深夜にカップ麺とかは叱られそうだけど、軽いものなら大丈夫でしょ」

そう言うと亨は部屋から出て行った。

そして数分後。二人分のお碗とスプーンを持って帰ってきた。

亨から受け取った茶碗の中では、二口あれば食べきれるような小さなおにぎりが、コンソメスープに浸《つ》かっている。おにぎりは醤油《しょうゆ》が塗られた焼きおにぎりだ。

「冷凍の焼きおにぎりをチンして、粉末を溶かしただけのコンソメスープにドボンさせたもの。簡単メシだけど美味《うま》いんだなぁ、コレが」

なるほど。『おにぎりスープ茶漬け』と言ったところか。

私は「どれどれ」とスプーンでおにぎりを崩しながら、スープを口へと運ぶ。

「ん～……美味《アムトウタエ》い♪」

「そりゃ良かった」

亨は私の反応に満足そうに微笑《ほほえ》みながら、サラサラとスープを啜《すす》っていた。

「このお手軽感は乳茶《スーテーツァイ》に近いものがある。私にも作れそうだ」

「塩味ミルクティーだっけ？　まあララムー（カレムスタン式干し肉スープ）よりも簡単

だから、メイユエでも問題なく作れると思う」

「私でも、と言われるのはいささか腑《ふ》に落ちんのだが」

「勉強はともかく、料理のスキルは俺のほうが高いし」

ニシシと笑う亨。言い返せないのがちょっと悔しい。

そうして私たちはしばらくスープ茶漬けに舌鼓を打った。

夜中、テーブルを挟んで向かい合って、同じものを食べている。

この場の雰囲気込みでほっこりさせてくれる味だ。

「なんというか、家族《ゲルブル》って感じだな……っ」

気が緩んでいたのか、そんな恥ずかしい言葉が口をついて出てしまった。

(ゲ、家族《ゲルブル》だなんて……いやまあ魂的に夫婦ではあるのだが……)

熱くなった頬を押さえながら、チラリと亨のほうを見る。

私の言葉にどんな反応を示すだろうと思っていたら……。

「ん？　ゲルブルってなんだ？」

キョトンとしていた。あ、良かった。伝わってない。

すると亨は「う～ん」と首を傾《かし》げていた。

「でも前に似たような単語は聞いたような……ゲルレル、だっけ？」

「ゲ、結婚《ゲルレル》!?」

あ、そういえば一度死んだとき『境界の教会』で口にした気がする。

「アレってどういう意味だったっけ？」

「いいから！……コレを食べたら勉強を再開するぞ」

私は恥ずかしさのあまり、この話を打ち切ったのだった。


そうして私たちがそれぞれ頑張った結果。

「うう……なんで誰も赤点をとらないのよ！」

全てのテストが返却された後。小紅《こべに》の席に絡みに行っていたチワワ……じゃなかった千《ち》和《わ》が悔しそうに小紅のことを睨んでいた。中にはギリギリな科目もあったのだが、開運部の誰も赤点をとらなかったのだ。

すると千和はビッと小紅を指差した。

「私は諦めないんだからね！　開運部なんてオカルト部、絶対潰してやるんだから！」

そう言い放つとプリプリと怒りながら去っていった。

彼女が去った後で、私は小紅の席に近寄りながら言った。

「なるほど。これが日本の諺《ことわざ》で言う『負け犬の遠吠《とおぼ》え』か」

「……勉強の成果が出てるね」

相変わらず私と目を合わせてはくれないが、小紅はポソッと同意を示した。

3，ご近所付き合いは大事に

Gakusei kekkon shita aite ha bukiyou kawaii yubokuminzoku no hime deshita.

期末テストも無事に乗り越え、迎えた日曜日の朝。

今日は俺が朝ご飯の当番だったので、トーストが中心の洋風にしてみた。

とはいってもトースト以外は、カットされているパックの千切りキャベツにプチトマトを載っけただけのサラダボウルと、ボイルしたソーセージをお湯を捨てた片手鍋ごとドンとテーブルに置いて、あとは各自食べたい分を取る程度だけどね。

ハイスペック美女の飛文が料理当番のときは朝食でも一手間掛かった料理を出してくるけど、俺や須玖瑠《すぐる》が当番のときは割とこんな感じで済ませている。平日ならコーンフレークとかのシリアル系だけで済ませるときもあるし。

「いただきまーす……あむっ」（モグモグ）

まあそんな簡単料理でもメイユエは満足そうに食べてるけど。

カレムスタンでは朝食に時間を割かないらしいので、これでも十分なようだ。

「？　どうかしたか？」

メイユエのことをジッと見ていたら、首を傾げられた。

「いや、なんでもない」

「ふむ……しかし、こうして皆で朝食をとるのにも慣れてきたなぁ」

「慣れ？　カレムスタンだと違うのか？」

「家畜の世話があるからな。家畜の出産や搾乳の時季はとくに忙しくて早朝から出ずっぱりだから、手の空いた者から各々勝手に朝食をとるといった感じだった」

「へー。お姫様で社長令嬢なのに、農家みたいな生活だったんだな」

そりゃあお手軽朝食でも美味《お》《い》しくいただけてしまうわけだ。

するとお茶を飲んでいた飛文が一息吐いたあとで「さて」と切り出した。

「突然ですが、お嬢様。それに主殿《あるじどの》」

「なんだ？」「ん？」

「本日、お二人には地域の清掃活動に参加していただきたいのです」

「清掃活動？」

近所の人たちが集まって町なり公園なりを掃除するってアレだよな。町内会が掲示板に貼ったお知らせや、回覧板で目にしたので、あるってことは知っている。

「でも、アレに参加するのって年配の人ばっかりだったような？　たしか掃除もするけど終わった後の『打ち上げ』という名の飲み会がメインだって聞いたけど」

俺たちの住むこの町は『のんべえの町』として有名だ。

近所の商店街には老舗の飲み屋も多いため、令和のいまも活気を保っている。まあその分、夜は酔っ払いに遭遇する率が高いんだけどな。

そしてそんな町に住む住民たちは総じて酒好きが多い。

後ろに飲み会が控えているイベントならば、祭りだろうと清掃活動だろうとオッサンたちが集まってくる。だから清掃活動も希望者のみの自由参加だったはずだ。

そう説明すると、メイユエは腕組みをしながら唸《うな》った。

「う～ん……ならば参加しなくても良いのではないか？　テスト疲れも残っているし、今日はノンビリ過ごそうと思っていたし」

メイユエはそう言ったけど、飛文は「ダメです」と切って捨てた。

「お嬢様には絶対に参加していただきます」

「えっ、なぜだ？」

「……お嬢様。ときどき夜に馬頭琴《モリンホール》を弾いてますよね？」

「う、うむ」

「結構大きい音を出してますよね？」

「うむ。そうだな」

「近所迷惑だと言われかねないのに、どこからも文句は来ていませんよね？　私が、あらかじめご近所さんにお断りを入れたからです。引っ越しの挨拶回りのときに」

飛文、挨拶回りなんてしてたんだ。菓子折とか持ってったのかな？　なるほど。メイユエが夜に馬頭琴を弾くことを、ご近所さんには黙認してもらってたのか。

「この近所には温厚なご年配方が多いので、皆さん、快く許してくださいました。とはいえご厚意に甘えすぎるのもよくありません。こういう地域活動には積極的に参加して、心証を良くしたほうが後々のトラブルを避けることができるでしょう」

「言いたいことはわかるが……」

メイユエは気乗りしてないようだが、飛文は構わず続けた。

「あっ、お嬢様はいつもの民族衣装で参加してくださいね？」

「ん？　なぜだ？」

「ご近所の方々に民族衣装姿を見慣れてもらったほうが、なにかと楽でしょう？　そういう国の人が暮らしていると知ってもらうのです。家ではその姿なのですから、近所に買い物に行くとき、人目を気にして着替えなくても済みますし」

ああ、それはたしかにそうかも。

メイユエがカレムスタンの民族衣装でコンビニに入っているのを想像するとシュールだけど、最近はターバンとかサリーとか身につけている人を見ても、ああそういう国の出身の人なんだなと思うだけでそこまで違和感は感じないし大丈夫だろう。

蕩々《とうとう》と説得されてメイユエも観念したようだ。

「わかったわかった。その清掃活動とやらに参加しよう」

「ありがとうございます」

「だが、私が参加するなら亨《とおる》も強制参加だからな」

メイユエがこっちに話を振ってきた。

「まあ、そうなるよな……」

俺とメイユエは魂が繋《つな》がっている関係で、百メートル以上離れることができない。もし百メートル以上離れてしまうと、どちらかの魂が身体《からだ》から引っ張り出されてしまう。

つまり幽体離脱状態になるわけだ。

それが嫌なら離れるわけにはいかないわけで……。

「魂状態で連れて行かれるよりは、身体アリで付いて行ったほうがマシだしな」

「うむ」

こうして俺たちの今日の予定が決まってしまったのだった。


「いやー若い子が来てくれるとホントに助かるわ」

俺とメイユエが清掃場所に着くと、和菓子屋のおばちゃんが出迎えてくれた。

今日の清掃場所は大通りから一本入った路地にある法任寺《ほうにんじ》というお寺だった。

なんでも先代の住職が亡くなったときに上手《うま》く引き継ぎができなかったらしく、放置されていたそうだ。一応、宗派の総本山に住職の派遣を頼んでいるのだが、後任が決まるまでは檀家《だんか》と商店街が共同で面倒を見ているらしい。

この清掃作業もその一環のようだ。

すると和菓子屋のおばちゃんはメイユエの背中をバシッと叩《たた》いた。

「うにゃ!?」

叩かれたメイユエがビクッとなった。

「飛文ちゃんから聞いたわよー」

「ひ、飛文ちゃん？」

「アンタ、遠い異国の地から、許嫁《いいなずけ》であるそっちの子に嫁ぐために海を渡ったんだって。なかなかに肝が据わった女の子じゃないのさ！」

アッハッハと笑いながら、おばちゃんはメイユエの肩をポンポンと叩いた。メイユエは助けを求めるようにこっちを見ているけど……すまん、無理だ。

下町のおばちゃんは得てしてスキンシップが激しめなものだし。

「なにか困ったことがあったらアタシに言いなよ。夫がアンタに辛《つら》く当たったりしたなら、うちら商店街の主婦連が黙っちゃいないからね」

「う、うむ。わかった」

メイユエはコクコクと頷《うなず》いていた。どうやら相当気に入られた様子。そうか……メイユエを怒らせると、おばちゃんたちが敵に回るのか……気を付けよう。

そんなことを考えていたときだった。

「おや、志田《しだ》くんに美月くんではありませんか」

声を掛けられて前を向くと、作務衣《さむえ》姿の飯観寺《いいかんじ》先輩が竹箒《たけぼうき》を持って立っていた。

「あれ、飯観寺先輩？　なんでここに？」

「ああ、我が輩の実家の飯観寺はご近所のよしみでこのお寺の管理を手伝っているのですぞ。むしろ志田くんたちこそ、どうしてここへ？」

俺は飯観寺先輩にここまでの経緯を説明した。

「なるほど……人手が増えるのは大歓迎ですぞ」

飯観寺先輩は満足そうに頷いていた。この人が居るだけで開運部の部活感があるな。

「いっそ愛菜《まな》や小紅も呼んでみるか？」

メイユエがそう言ったけど、愛菜はともかく、筋金入りのインドア派である南雲《なぐも》さんは絶対来ないだろうなぁ。そしてメイユエが二人に連絡を取ってみると、案の定、愛菜だけがやって来た。

「結婚すると、ご近所付き合いも大事になってくるんだねぇ」

愛菜は訳知り顔でウンウンと頷いていた。

こうして開運部メンバー（南雲さんは除く）は境内の掃除をすることになった。

◇◇◇

「それじゃあ男連中は外で草むしり、私ら女は本堂の拭き掃除といこうか」

和菓子屋のおば様の鶴の一声で、私たちの割り振りが決定してしまった。

どうやら亨や飯観寺とは作業が分かれるようだ。

「この夏空の下で草むしりか……」

「まあ……仕方ありませんぞ」

亨と飯観寺が「地味に嫌だなぁ」という顔をしていた。夏休みも間近ですでに暑く、日差しも強い今日みたいな日に外での肉体労働は辛そうだ。作業をしているおじさんたちの姿にも、どことなく哀愁が漂っているように見える。

するとおば様は私と愛菜の背をグイグイと押した。

「ほら、外は男連中に任せて、私らは中を掃除するよ」

「う、うむ。なんともパワフルなご婦人だな」

私がそう呟《つぶや》くと、隣で聞いていた愛菜が「そうだね」と苦笑していた。

「ここらへんの商店街って『のんべえの町』って呼ばれるくらい飲み屋が多いでしょ？だからお酒でベロンベロンになった旦那さんを、奥さんが仕方なく介抱することが多いんだって。そして翌日にはお説教する奥さんと、平謝りする旦那さんの姿が」

「なるほど……そうしてかかあ天下ができあがると」

私が感心したように呟くと、おば様はカラカラと笑った。

「いまはどうだか知らないけどね。一昔前の男なんざ見栄《みえ》が服着て歩いてるようなものなんだから、女がしっかりしてないと勝手にすっころんじまうもんさ。おだてて、乗せて、働かせて、締めるところは締める。アンタも結婚するなら覚えときな！」

そう言うとおば様は私の背中をバシッと叩いた。

「う、うむ。覚えておくとしよう」

「まあそこまで極端に考えなくても良いと思うけどね……」

隣に居た愛菜が苦笑気味に呟いた。

そして私と愛菜は商店街のおば様たちに交じって掃除を始めた。

最初は私の民族衣装を物珍しそうに見ていた人たちも、和菓子屋のおば様が『この娘は許嫁のもとに海を越えて嫁いできた根性のある子だよ』と紹介したことで一気に仲間として受け入れてくれる雰囲気になった。

「アンタ、若いのに良い根性してるじゃないのさ」

「なんか困ったことがあったら言いなね」

「今度うちの店に来なさい。たっぷりサービスしてあげるから」

……とまあこんな感じの好意的な言葉をもらっている。どうやら飛文の『地域交流して民族衣装に見慣れてもらおう作戦』は一定の成果を上げられたようだ。

「美月さん。屏風《びょうぶ》を動かしたいから手伝ってって」

「うむ。わかった」

愛菜と二人で屏風を廊下まで運び出す。

「あらあら、やっぱり若い子が居ると助かるわね～」

それだけでおば様たちに口々に褒められた。なんだろう、この全肯定感。

「私たち、孫のように見られてないか？」

「あー、そんな感じだよね。初孫のすることを褒めて伸ばす感じ？」

愛菜も同じことを思っていたのか頷いていた。

そうして働き続けること二時間ほどで、大まかな掃除は終わった。

「それじゃあみんな、お茶にしようかね」

和菓子屋のおば様の一言で、皆、縁側に集まってお茶をすることになった。

縁側には和菓子屋のおば様が持って来た大福やおはぎが並び、お茶屋のおば様が冷やしておいた大きなヤカン入りの水出し緑茶がササッと配られる。

そこに外で作業していた亨たち男性陣も合流してきた。

「暑っちー……」

Tシャツの襟首をペラペラと引っ張りながら、亨が縁側にドサッと腰を下ろした。日差しの下での作業は暑かったようで、シャツにはじっとりと汗が滲《にじ》んでいる。

「悪い、メイユエ。飲み物ちょうだい」

「お、おう。大丈夫か？」

私が冷茶を差し出すと、亨はそれを一息に飲み干した。

「……ふう。いや〜暑くてしんどかったわ。玉砂利の間に生えた草を抜くときなんかは、上に日差しを遮るものがないからな。途中で意識が朦朧《もうろう》としたわ」

「カッカッカ……この時季の作業はどうしてもそうなってしまいますなぁ」

亨と同じように愛菜から冷茶をもらった飯観寺も、スポーツ刈りの頭を手ぬぐいで拭きながら苦笑気味に言った。見れば一緒に作業していたおじ様たちも、一様に疲れた顔をしてお茶を飲んだり大福を頬張ったりしている。

「ああ……大福表面の塩気がマジでありがたい」

大福を頬張っていた亨が仏様のような穏やかな顔をしていた。

「おいおい、なんか三十歳ほど老けて見えるぞ」

「むしろ老衰してたのが三十歳ほど若返った感じだ」

「ならばもっと食べて若返れ。このままでは年の差婚になってしまうだろうが」

そうやって疲労困憊《ひろうこんぱい》な亨の面倒を見ていたところ、

「フフッ。アンタは良いお嫁さんになりそうだね」

横で見ていた和菓子屋のおば様にそんなことを言われた。

そう言われて……ちょっと気分が良くなってしまったことは、亨には内緒だ。

しばらくノンビリとしたあとで、和菓子屋のおば様がパンパンと手を叩いた。

「さて、それじゃあ掃除もあらかた終わったことだし、あとの片付けは男連中に任せてあたしらは先に銭湯でも行くとしますかね」

「えっ、おじさんたちに任せちゃっていいんですか？」

愛菜が尋ねると、おば様は「いいのいいの！」と笑い飛ばした。

「どうせ片付け後は打ち上げとか言って飲み会になるんだから。片付けくらい任せたって罰は当たらないわよ。ねぇ、アンタたち？」

おば様が話を振ると、おじ様たちはコクコクと頷いていた。言っていたとおり、おだてて、乗せて、働かせて、締めるところは締めているのだろう。

するとおば様たちは私と愛菜の背をグイグイと押した。

「さあさあ、一緒に風呂で汗を流そうじゃないの」

「いや、しかし、着替えなどは持って来てないぞ？」

「下着くらいならコンビニでも買えるでしょ。平気、平気」

そうして押されていった私と愛菜だったけど、そこであることを思い出した。

（「しまった！　亨《とおる》と離れたら魂が！」）

（「あっ、そうだね。このままだと……」）

小声で話す私たちが振り返ると、そこには仏頂面の亨が魂だけで浮かんでいた。

『……もう少し早く気付いてもらいたかったなぁ』

溜息《ためいき》交じりに亨は言った。私はおば様に聞こえないように小声で謝った。

（「す、すまん。身体は大丈夫なのか？」）

『咄嗟《とっさ》だったけど飯観寺先輩に頼んできたから……多分』

（「あ、じゃあ大丈夫そうだね」）

霊感があるため亨が見える愛菜もホッとした様子だった。

（「でも、いまから戻るのも不自然だよね……このまま付いてきてもらうしかない？」）

愛菜の一言で、私はハッと思い出した。私たち、これから銭湯ではないか！

（「たしかに、幽体状態の亨なら女湯も覗《のぞ》き放題……」）

『覗くか！　百メートルは離れられるんだから外で待ってるわ！』

亨が真っ赤な顔で否定した。まあ、それもそうか。

（「旅館の家族風呂とかなら一緒に入れそうだけどね。あ、もちろん美月さんと」）

愛菜が少し頬を染めながらそんなことを言った。

あー個室の風呂ならたしかに……って、それでも恥ずかしすぎるわ！

「ん？　なんの話だい？」

すると和菓子屋のおば様が怪訝《けげん》そうな顔でこっちを見ていた。

普通の人間に幽体状態の亨は見えないので、私と愛菜がコソコソ話をしているようにしか見えないだろう。私たちは「なんでもないです」と言っておば様に付いて行った。


そして私たちはお湯の中。

「ふぃ～……善き哉《サエハン》、善き哉《サエハン》」

「なんかちょっとおじさんみたいだよ」

頭に手ぬぐいを載せて、大きな浴槽の中で足を伸ばしていたら、隣に座った愛菜に苦笑気味に言われた。銭湯へとやって来た私たちはおば様たちの勢いに押されるように、恥ずかしがる暇もなくスッポンポンにされ、浴場へと投げ込まれた。

でもまあ、お湯に浸《つ》かれば極楽なわけで、すっかり気分が良くなっていた。掃除のために普段使ってない筋肉が軋《きし》んでいたけど、その疲れがお湯に溶け出すようだ。

「……」

するとと愛菜がソワソワとした様子で周囲を見回していた。

「？　どうかしたのか？」

「あ、いや……亨くんが居たりしないかなって」

控えめな胸を手で隠しながら愛菜が恥ずかしそうに言った。たしかに『覗くか！』とは言っていたけど、覗こうと思えば覗けるわけだし、気になってしまうか。

「心配ない。首から伸びる鎖は男湯のほうに行っている」

「幽体状態でお風呂に入ってるってこと？　それって意味あるの？」

「さあ……気分だけでも味わいたいとかではないか？」

「そうなんだ……」

愛菜がホッとした様子で胸に当てていた手を外した。

う〜む……なんとも女の子を感じる仕草だ。天性の女子力の高さを感じる。

すると愛菜がジーッと私の胸元を見てきた。

「？　なんだ？」

「美月さんって……スタイル良いよね。出るとこ出てて」

「うっ……そう指摘されると恥ずかしいのだが」

私は自分の胸をかき抱いた。愛菜はクスクスと笑っている。

「ごめんごめん。なんか羨ましくて」

「そういう愛菜《まな》のも、弓を引くときに邪魔にならない良いバストだと思うぞ」

「あれ？　喧嘩《けんか》売られてる？」

愛菜は笑顔なのに目が笑ってなかった。な、なんか怖いぞ。

「オホン……しかし、なんだ。やはり風呂は良いな」

「誤魔化したね……カレムスタンのお風呂事情ってどんな感じなの？」

「母上が拡充した露天風呂があるぞ。疲れたときなどはそこに浸かりに行くこともあったが、忙しい時期はお湯の桶《おけ》とタオルで身体《からだ》を拭くだけのときも多かったな」

「へぇ～。なんかキャンパーのお風呂事情みたいだね」

「天幕暮らしなのだから似たようなものではあるな」

そんなとりとめのないことを話していたときだった。

「いやはや、若い子たちが話してる姿は華があるねぇ」

和菓子屋のおば様がゆっくりと近づいてきた。

そしてジロジロと私の身体を観《み》ると、愉快そうに笑った。

「アンタみたいな別嬪《べっぴん》さんを嫁にもらえるなんて、志田《しだ》の坊やも幸せもんだね」

「そ、そうだろうか？」

「ああそうさね。でも、ちゃんと旦那の手綱を握んなきゃダメだよ。惚《ほ》れた弱みだなんだって妥協なんてしてたら、苦労するのはアンタなんだからね」

「う、うむ」

実際に手綱を握っているっぽいおば様の言葉に、私はコクコクと頷《うなず》いた。私もおば様くらい亨に対して強く出る必要があるのだろうか？　そう思い始めていたとき、今度は酒屋のおば様がコソコソと近づいてきた。

「あんなこと言ってる和菓子屋さんだけどね。うちに醤油《しょうゆ》の注文に来るときは、必ず一本はお酒を注文していくんだよ。もちろん旦那の好きな銘柄さ」

「ちょっと酒屋さん！」

いきなりツンデレのデレの部分をバラされて、和菓子屋のおば様は真っ赤になっていた。

……なるほど。きつく当たっているように見えてもそれだけではなく、ちゃんと甘やかすところは甘やかしてバランスを取っているわけか。

「……なんというか、勉強になるな」

「フフフ、そうだね」

お湯の中、愛菜と一緒にほっこりと和んでしまった。


風呂から上がり、マンガ棚などがある畳の休憩スペースに行くと、そこには寝っ転がりながらマンガを読んでいる亨の姿があった。あれ、肉体がある？

「亨、その身体はどうしたのだ？」

「ん？　あ、メイユエ、もう上がったのか」

亨は寝っ転がったままチラッと私のことを見た。

「身体は飯観寺《いいかんじ》先輩が親御さんに頼んで車で運んでくれた。それで、せっかく身体に戻れたわけだし、ひとっ風呂浴びてきたんだよ」

あー、魂が男湯のほうに居ると思ったら、ちゃんと身体付きで入浴していたのか。

「でも、それだと私たちより後に入ったのだろう？　もう出てきたのか？」

「もともと長湯するほうじゃないしなぁ。飯観寺先輩はサウナに入ってってたけど、俺はあの熱気は苦手だし、サッパリしたらさっさと上がりたい」

「そういえば……家でも風呂は早かったな」

私や須玖瑠《すぐる》、飛文《ヘレー》に比べて、亨の入浴時間はやたら短かった気がする。入ったと思えばすぐに出る。たしか日本《ヤポン》ではカラスのなんちゃらとか言うのだったか。

するとは脇に置いてあったまだ開いてない牛乳パックを差し出してきた。

「日本の伝統スタイル『風呂上がりの牛乳』でも飲む？」

「んー……遠慮しておく。まだ日本式の冷たい牛乳に慣れなくてな」

「そうなのか？」

「カレムスタンでは基本的に牛の乳《ウフル》は温めて飲むものなのだ。生乳をそのまま飲むのは、母親の乳の出が悪いときの赤子だけ……という印象が強くてな。まあシリアルなんかにかけて食べる場合は、味も変わって抵抗感はなくなるが」

「へー。やっぱ色々違うんだなぁ」

亨はあっさりと納得した様子だった。

文化の違いを感じたとき、押し付けてくるでもなく、過剰に配慮するでもなく、違うんだなぁの一言で流してくれるのはありがたい。居心地が良いのだ。

私は亨のそばに腰を下ろし、まだ湿っている髪をタオルで拭いた。

(服の着替えを用意できていたならなぁ……下着は買ったが)

そんなことを考えながら髪を拭いていると、不意に視線を感じた。

見ると、亨がマンガから視線を外し、私のことを見ていたようだ。

「どうかしたか?」

「っ……あ、いや……その……」

口ごもる亨。なんだというのだ。

「言いたいことがあるならハッキリ言え」

身を乗り出すようにしてそう尋ねると、亨は観念したように口を開いた。

「その……なんだ。綺麗《きれい》な髪だなぁって、見とれてた」

「っ……そ、そうなのか」

聞いたこっちまで恥ずかしくなるような答えが返ってきた。

きっといまの私の顔は赤いだろう。目の前の亨と同じように。

4，来襲！　幼馴染み

期末テストも無事に乗り切り、あと数日で夏休みを迎えるこの日。

放課後、俺たちは飯観寺先輩の呼び出しを受けて開運部の部室に集まっていた。

「しかし、暑いなぁ……」

「そうだねぇ」

バテ気味にメイユエが言うと、愛菜が苦笑しながら頷いていた。

標高が高く寒冷なカレムスタン出身のメイユエは日本の夏に慣れないようだ。

エアコンなどはなく、あるのは扇風機一台のみという部室は窓を全開にしていてもやっぱり暑い。他の文化系の部活で、活動場所に教室を割り振られているようなところならエアコンも使えるんだけど、マイナー部である開運部は体育会系の部活と同じ長屋みたいな部室棟に詰め込まれている。

いっそここから徒歩二分くらいの飯観寺先輩の実家（お寺）を活動場所にしたいけど、学校に顔が利くとはいえ、さすがにそこまでのわがままは許されないようだ。まあ、そんなことをしたらまたチワワが噛《か》みついてくるかもしれないけど。

そんな暑さを紛らわせるために、下敷きを団扇《うちわ》代わりにしてメイユエを扇《あお》いでやっていると、南雲《なぐも》さんが収集している曰《いわ》く付《つ》きアイテムが収められている棚の前に設置されたホ

ワイトボードに、飯観寺先輩がでっかく、

『夏合宿開催決定！』

と書き込んだ。

「と、いうわけで、夏休み中に合宿を行いますぞ！」

「あ、ホントにやるんだ」

意気込む飯観寺先輩に対して、愛菜がアッサリした様子で言った。

企画しているとは聞いていたけど、ホントにやるんだー……くらいのノリだ。

「そもそも開運部の合宿ってなにをやるんです？」

悪縁を絶ちきり、良縁を導く……といったことを活動目的に掲げているけど、その実は悪霊退治やお祓《はら》いみたいなことをしている怪しい部活だ。そんな部活の合宿ってなんなのだろうと疑問だったので尋ねると、飯観寺先輩は不敵に笑った。

「カッカッカ！　なーに、我が輩の〝本業のついで〟に、海辺の旅館に格安で泊まれることになりましたので、どうせなら皆で海水浴でもどうかと思ったのですぞ！　もちろん、亨《とおる》くんたちは普通に遊んでもらって構いません」

「おお、海《ダライ》か！　行ったことないから楽しみだな」

内陸国出身のメイユエは初めての海に興味を示しているみたいだけど……愛菜と俺は微妙な顔を見合わせた。

（「いま〝本業〟って言ったよね？」）

（「ああ。絶対、その旅館って曰く付きとかなんだろうな」）

（「そんな場所で遊んでて良いって言われても……ねぇ」）

思わず二人して溜息《ためいき》を吐《つ》いてしまった。すると、

「？……二人でコソコソとなにを話しているのだ？」

メイユエに訝《いぶか》しげな顔で見られた。俺は慌てて首を振る。

「いや、別に。あ、日程とかってどうなってますか？」

誤魔化すように尋ねると、飯観寺先輩はカレンダーを指差した。

「八月のこの辺を予定しておりますぞ」

「あれ、そこらへんの日付ってたしか……」

「……お盆」

南雲さんがポソッと呟《つぶや》いた。やっぱりか。いまじゃお盆休みってイメージしかなかったけど、よくよく考えるとあの世から幽霊が帰ってくる時季だよなぁ。

「これはもう……確定かな」

「そうみたいだね……」

愛菜と二人して肩を落とした。面倒なことにならないといいんだけど。

すると飯観寺先輩が「あ、そうでした」と言ってポンと手を叩《たた》いた。

「今回の合宿なのですが、我々の他に外部から二名ほど参加するのですぞ」

「外部？」

「ええ。生徒会に合宿申請をしたところ、物言いが入り、許可は下りたもののお目付役の同行を求められましてな。生徒会から威堂《いどう》殿と大庭《おおば》殿が同行するようです」

「……チワワも」

それまでどうでもいいという顔だった南雲さんが、露骨に嫌そうな顔をした。

期末テストのとき絡んできたチワワこと大庭千和《ちわ》さんか。

きっと大庭さんが「怪しい部の合宿なんて」と反対したのだろう。そして自分が監視すると言って聞かず、そんな彼女の行動を制止するために威堂先輩も来るという感じか。

(なんか面倒なことばかり増えてるような気がするなぁ……)

そんな風に考えていたのだけど、

「海かぁ……大きくてしょっぱいと聞くが、どうなのだろうなぁ」

「………」

初めての海にワクテカしている様子のメイユエを見ていると……まあいいか、と思ってしまった。いつか海に行こうって以前話したこともあったしな。

「ん？　どうかしたか？」

ジーッと見てたらメイユエに聞かれたので、俺は「なんでもない」と答えた。

その日の帰り道。

俺とメイユエはノンビリと志田家《わがや》に向かって歩いていた。

「フンフフフ〜フ〜フ〜ン♪」

隣を歩くメイユエは鼻歌交じりだ。ずいぶんと機嫌が良さそうだな。

（このメロディーは……『茉莉花《モーリーホア》』とか言ってたっけ？）

素振りしてたときにメイユエが弾いていたメロディーだと思う。

「楽しそうだな」

そう声を掛けると、メイユエは鼻歌をやめてニッコリと笑った。

「ああ。もうすぐ来る夏休みに、楽しみが増えたからな」

「そんなに海に行きたかったのか？」

「それもあるが、イベントがあることが嬉《うれ》しいという感じだな。いまの時季、我が国ではナーダムが行われているが、冥婚のこともあって今年は帰れないからなぁ」

メイユエが腕組みをしながらしみじみと語った。

「？　ナーダムって？」

「遊牧民族の伝統的な夏の祭典だ。モンゴルでは無形文化遺産にもなっている。その祭典中は多くの人々が集まり馬術、弓術、相撲の技を競い、ドンチャン騒ぎをする」

「へぇ〜」

競技大会みたいなものか。その中でできそうなのは相撲だけど、多分、日本の相撲じゃなくてモンゴル相撲だよな。ルールがわからない。

「その……祭りに帰れないのは、残念？」

気遣うように尋ねると、メイユエはフッと小さく笑った。

「淋《さび》しくはあるが……仕方ないだろう。私を狙った誘拐事件も起こったあとだし、いま亨を夫として連れ帰ればいらぬ混乱を招いてしまうかもしれん」

「そっか……」

「うむ。だが来年の夏ならば別だ」

ん？　来年の夏だとなにかあるのか？

「我が国のナーダムは五年に一度、周辺諸国の遊牧民族が信仰の中心地たる我が国に集まって祭りを楽しみ、競い合うことになっている。来年がその五年に一度の年なのだ」

「遊牧民族風オリンピックみたいな感じ？」

「そうだな。今年のナーダムは国内の者たちが競い合うだけだが、来年のナーダムは大きなものになる。来年はさすがに亨にも来てもらう必要があるだろう」

「そ、そうなのか」

いつかカレムスタンの汗《ハン》であるメイユエの親父《おやじ》さんに会う日が来るのだろうかと考えていたけど……そのナーダムのときになりそうな気がする。

……なんかいまから気が重くなってきたな。

そんなことを考えていると、メイユエがクスクスと笑っていた。

「ふっ、微妙そうな顔をしているな。父上のことを考えていたのか？」

「そりゃあ……親父さん、メイユエのこと溺愛してるって聞いているしなぁ」

「其方《そなた》のことは母上が認めている。父上は母上には頭が上がらんし大丈夫だろう」

「汗《ハン》なのに尻に敷かれてるのか？」

なんか途端に親近感が湧いてきたな。

するとメイユエは数歩先を行くと、クルリとこっちを向いた。

「だからいま心配することもなかろう。それより、これから始まる夏休みのことを考えようではないか。合宿もあるし、それに期末テストのご褒美もあるのだろう」

楽しそうに笑うメイユエ。以前に『期末テストで赤点をとらなければ、お台場《だいば》か横浜《よこはま》の実物大ジャンガル像に連れて行く』って約束していたっけ。忘れてたわけじゃないぞ。

「で、どっち観《み》るか決めた？」

「横浜がいい！　動くのを観たいぞ」

「了解。夏休みに入ったら連れて行くよ」

「うむ。楽しみだな。……それで、亨は私へのお願いは決めたのか？」

……そういえば『赤点をとらなければ、なんでも一つ言うことを聞く』とか言われてたっけ。漠然としすぎててこっちは忘れてたなぁ。

するとメイユエは上目遣いにこっちを見てきた。

「私はお前に、なにをすればいい？」

「っ……」

その仕草にドキッとして言葉を詰まらせた。エッチなお願いなら断る（ただしハグくらいならＯＫ）と言われてるけど、どこまでＯＫだろうかとついつい考えてしまう。

どう答えたものかと頭を悩ませていた……そのときだった。


「やっと見つけた、サル」


不意にそんな声が聞こえて前を見ると、道の先に一人の男が立っていた。

見た目は同い年から二十歳くらいだろうか。

身長は俺よりも高くて百八十センチくらいはありそうだ。ガッチリした身体付《からだつ》きなのが服の上からもわかるが、なによりも特徴的だったのはその衣装だ。男物と女物の違いはあれど、メイユエの民族衣装とよく似た装束だったからだ。

（カレムスタン人？……まさか、また刺客か？）

以前の記憶から、咄嗟《とっさ》にメイユエを背後に庇《かば》った。

またメイユエの命を狙う氏族から刺客が送られてきたと思ったからだ。

「其方《そなた》……五竜《ウーロン》か？」

すると背後からメイユエのそんな声が聞こえてきた。

振り返ると、メイユエは驚いた様子で目をまん丸くしていた。

「なぜ其方が？　いつ日本《ヤポン》に来たのだ？」

メイユエがウーロンと呼ばれた男に尋ねた。

その口調に焦った感じはなく、純粋に驚いているだけのようだった。

敵じゃないのか……と思ったそのときだ。

「父の命令、受けて来た。サルを連れ帰れ、と」

片言気味にそんなことを言いながらウーロンが歩み寄ってきた。

……サル？　自分のこめかみがその言葉にピクッと反応した。

しかし、そうとは知らずにウーロンは続けた。

「サルを連れて帰らない。俺も国、帰れない」

「いや、ちょっと待て、五竜」

「さあ、帰るぞ、サル」

ウーロンがメイユエに手を伸ばした。俺は咄嗟にその手を摑《つか》んだ。

手を摑まれたウーロンは俺のことを睨《にら》んだ。

「貴様、誰だ？　この手、なんだ？」

「さっきから聞いてれば……。（仮）とはいえ人の嫁さんを何度もサル呼ばわりしやがって。そのくせ国に連れ帰るだと？　寝言は寝て言え！」

俺が睨み返すと、ウーロンの表情もさらに険しくなった。

「なにを怒る？　サルをサルと呼んで、悪いか？」

「まだ言いやがるのか！」

「お、おい！　亨《とおる》、それに五竜も落ち着け！」

　メイユエが俺たちの間に入って宥《なだ》めようとするが、ヒートアップしている俺たちの耳には入らなかった。

「烏龍茶《ウーロンちゃ》だかなんだか知らないけど、お前のことをバカにされて黙ってられるか」

「待て亨！　五竜は……」

「どけ、サル。【名を折るよりも骨を折れ】だ。敵に背を向ける者、男ではない」

「五竜も話を聞け！　双方に誤解が……」

「決着、すぐに付ける」

　先に動いたのはウーロンだった。

　摑んでいたのとは逆の手で俺の肩を摑むとグッと自分のほうに引き寄せた。

（ぐっ……すごいパワーだ）

　それなりに体重があるはずの俺が引っ張られ、相撲かレスリングのような体勢に組まされた。このままだと投げ飛ばされるか、さらに抱え込まれて鯖折《さばお》りにされそうだ。

　それを嫌った俺は近づくと同時に膝を繰り出した。だが……。

「甘い」「ちっ……」

　ウーロンも膝を上げてそれを防ぐ。

　そしてウーロンは俺の肩を持つと、地面に向かって放り投げた。

「くそっ……」

咄嗟に受け身をとりながら地面を転がる。

背中が少し痛むが、それでもすぐに立ち上がることができた。

（力は向こうのほうが上か……接近戦だと勝てそうにない）

ウーロンは両手を挙げて、再度組み付こうとする構えだった。なんとかして、組み付かれる前にダメージを与えるしかないか。

さながらプロレスラーに挑む、アマチュアボクサーの気分だ。

それでもメイユエのためだと覚悟を決めて挑もうとした、そのときだった。

「うっ……」

「「ん？」」

不意にウーロンが膝から崩れ落ちた。

急に身体の力が抜けてしまったみたいで、その場に座り込んでいる。ちなみに俺はなにもしていないし、メイユエがなにかしたということもない。

勝手に膝を突いて項垂《うなだ》れているだけのようだ。

「お、おい？　大丈夫か？」

急に座り込んだウーロンに、思わず声を掛けてしまった。

するとウーロンの腹部から「ぐ～」というマンガみたいな音が鳴った。

ウーロンは悔しそうに顔を歪《ゆが》めていた。

「無念……日本に来るまで、路銀、使い果たした……二日、食べてない」

空腹で動けなくなっただけかい！　いやでも、これは逃げるチャンスだ。

「メイユエ、いまのうちに行こう！」

俺がメイユエの手を取ると、メイユエは躊躇《ためら》う様子を見せた。

「あ、いや、しかしだな……」

「あの日、約束しただろ。メイユエは俺が絶対護《まも》るって」

「あっ……うむ」

メイユエは少しだけ頬を赤く染めながらコクリと頷《うなず》いた。

そして俺たちは手に手を取ってその場を離れたのだった。


俺とメイユエがその場を離れてしばらく経《た》ったころ。

「？　あの～、大丈夫ですか？」

「っ!?　誰だ？」

空腹で動けなくなったウーロンに話しかける人物がいた。

◇　◇　◇

慌てて家へと帰った俺たちは、すぐに飛文にさっきのことを報告した。

「馬《マー》家の五竜殿が日本に？」

居間で報告を聞いた飛文はキョトンとしていた。緊急事態なんじゃないかと思って報告したのに、飛文に慌てた様子がなかったため、こっちのほうが疑問顔になった。

「メイユエに悪態を吐《つ》きながらカレムスタンに連れ帰ろうとしてたんだぞ？　この前のヤツらみたいに、メイユエを狙った刺客なんじゃないのか？」

そう尋ねると、飛文は「はて？」と首を傾《かし》げた。

「五竜殿は見た目は逞《たくま》しいですが、心優しい御方《おかた》です。張《チャン》家と馬家の関係も良好ですし、争う理由も思い当たりません。……お嬢様？」

「ひゃうっ！……な、なんだ？」

急に飛文に話を振られたメイユエがビクッとなった。

「お嬢様。なにか行き違いがあるのではありませんか？」

「さ、さあ……私にはわからんな」

？　なにかメイユエの視線が泳いでいるような？

すると飛文は「う～ん」と唸《うな》ると、やがて立ち上がった。

「とりあえず美晴《みはる》奥様と本国に問い合わせてみます。主殿《あるじどの》」

「ん？」

「しばらくお嬢様のことをお願いしますね」

「ああ。わかってる」

飛文が退出し、居間には俺とメイユエだけが残された。

「……なあメイユエ。アイツのことを教えてくれないか？」

「五竜のことか？」

「うん。一体何者なんだ？」

尋ねると、メイユエは腕組みしながら首を捻《ひね》った。

「カレム十氏族のうちの一つ、馬家の末子だ。馬家は名前のとおり馬《アドー》の飼育に長《た》けた一族で、張家に次ぐ有力氏族と言えるだろう。五竜は歳《とし》は一つ上で、私とは幼いころによく遊んだ……まあ幼馴染《おさななじ》みというヤツだ」

幼馴染み。その言葉に、胸の奥がチクリと痛んだ。

あの世で冥婚して魂的には夫婦になったとはいえ、俺とメイユエの付き合いはまだ一ヶ月程度なのだ。とはいえ、いろんな艱難辛苦《かんなんしんく》を一緒に乗り越えたことで、二人の絆《きずな》は強くなっていると思う。俺にとってメイユエは特別な女の子だと思っているし、メイユエもたまに俺を「旦那様」と呼ぶくらいには意識してくれているだろう。

でも幼馴染みということは、メイユエと五竜の付き合いは俺との時間よりもはるかに長いわけで、そんな二人の間には俺の知らない思い出などもあるのだろう。

そう考えると……なんだか嫌な気分になる。

（って、情けなさ過ぎだろ、俺）

嫁（魂）の過去を気にするとか、女々しすぎる。

悶々《もんもん》としていると、メイユエがなにやらニヤニヤ顔でこっちを見ていた。

「なんだ？　私と五竜の関係が気になってるのか？」

見透かされてる。……そんなにわかりやすい顔をしてただろうか。

「……ああ、そうだよ」

観念して白状すると、メイユエはニシシと笑った。

「心配せずとも、ヤツはただの友だよ。愛菜《まな》や小紅《こべに》と同じだ」

「……そうかい」

「フフッ、そうふてくされるな、旦那様」

メイユエがツンツンと俺の頬を突いた。楽しんでやがるな。

(……でも、あの五竜……強かったよな)

体格に見合ったパワーの持ち主で、組み付かれたら投げ飛ばされてしまうし、距離をとって打撃を浴びせても受けとめる打たれ強さがあった。

(次にまた会ったとき、俺は勝てるのか？　メイユエを護れるのか？)

そう考えると不安になる。タマフリありなら勝てそうだけど、使う暇があるかどうかもわからない。せめて中学時代、古武道部に入ってたころの感覚を取り戻せれば……。

「……よし」「？」

俺は立ち上がり、キョトンとしているメイユエを見た。

「メイユエに聞いてもらうお願いが決まったよ」

「？　なんだ？」

俺は真《ま》っ直《す》ぐにメイユエを見ながら言った。

「これから、一緒に来てほしいところがあるんだ」

◇　◇　◇

「ここが……そうなのか？」

目の前にある大きな木製の門を見上げながら私が訪ねると、亨が頷いた。

「うん。ここが俺の師匠がやってる道場なんだ」

亨が案内したのは、亨が中学時代に所属していたという『古武道部』の顧問だった人物が経営しているという道場だった。そしていま私たちは下半分が木、上半分が白壁、その上に瓦が載っている和風な壁に囲まれた屋敷の門の前に来ていた。

広さは飯観寺《いいかんじ》の実家の寺くらいはありそうだ。中々の敷地を持っているようだが、中に道場があるというのならばこの広さも納得……だったのだが……。

「……門の脇に『茶道教室』の看板が出ているが？」

看板には茶道教室とだけあり、道場とは書かれていなかった。

すると亨はなにやら言いにくそうに視線を逸《そ》らした。

「あー……師匠の奥さんって茶道の先生なんだ。師匠は俺の通ってた中学の地理の先生だったんだけど、退職後に茶室のある自宅の片隅に道場を開いたらしい」

「なるほど。つまり茶道教室がメインというわけか」

「ちなみに屋敷は奥さんの実家の持ち物だったらしい」

「それは……肩身の狭そうな話だ」

　門脇の看板からこの家のパワーバランスが見えてくるようだ。

　すると亨は気を取り直すようにパンッと手を叩《たた》いた。

「ま、とにかくだ。中に入ろう」

　亨は門の横にある小さめの木戸を開けた。……門から入るのではないのか。

「勝手に入っていいのか？　ベルなど鳴らさなくても」

「もう連絡は入れてあるから。直接、道場に来るように言われてる」

「ふむ……しかし、これが『お願い』とはなぁ」

　亨にした『私にできる範囲でなんでもしてあげる』という約束。

　それを使って亨がした願いというのが『道場に一緒に来てほしい』だった。

　どうやら五竜《ウーロン》に勝てなかったことを気にしているらしく、かつての師匠のもとで自身を鍛え直したいと思ったのだが、冥婚で魂が結ばれた私たちは百メートル以上離れるとどちらかの魂が身体《からだ》から抜け出てしまう状態にある。

　そのため亨が道場に行くには私の同行も必須というわけだ。

『メイユエには退屈な時間になるかも知れないけど、付いてきてほしい』

……と、そうお願いされたのだ。なんでも一つ願いを聞くと言った手前、別に不満はないのだが……頼み事が修行への同行というのがなんとも拍子抜けだった。

せっかく……ハグくらいならしてやるって言ったのに。

（って、そんなお願いを期待してたみたいではないか！）

私は亨《とおる》にバレないように、自分の頬を両手でパチンと叩いた。

すると亨は玄関へと続いているだろう石の道からは逸れて、屋敷を迂回《うかい》するようにして裏手へと回った。するとそこには教室よりやや小さいくらいの小屋があり、木戸の脇に『健田《たけだ》流古武術』という看板が掛かっていた。字は表の看板よりだいぶ下手だ。

「ここが道場なのか？」

「うん。……失礼します」

そうして亨が中に入ると、中は三和土《たたき》以外はフローリングになっていて、床の間には刀などが掛けられている。見た目は確かに道場という雰囲気だった。

と、そんな道場の中に誰かが立っているのが見えた。

ガランとした道場の真ん中で一人、木刀を振るっている。

亨の師匠とやらか、とも思ったが、だいぶ若い……同い年くらいのように見える。

誰だろうと思っていると、亨が「えっ」と驚きの声を出した。

「羽鳥《はどり》先輩？」

「ん？　よお志田《しだ》。久しぶりだな」

羽鳥と呼ばれた男はこっちを見ると、ふっと表情を緩めた。

亨よりも背が高く、ナツ、アキ、フユのような女子が好きそうなイケメンだった。

「亨、この人は？」

「ああ、紹介するよ。この人は羽鳥幸斗《ゆきと》さん。俺たちの高校の先輩で一つ上だ」

ふむ。飯観寺と同じ二年生ということか。

「そして俺にとっては中学時代の部活の先輩でもあるんだ」

「古武道部とやらのか？」

「そうそう。羽鳥先輩、こいつはメ……あ、美月って言います。俺の親戚で帰国子女なんですけど、わけあってうちにホームステイしてる子です」

「ん？　帰国子女なのにホームステイ？」

羽鳥殿が訝《いぶか》しげな顔をしていた。まあ「俺の嫁です」「一緒に住んでます」と紹介できれば早いのだろうけど、そんなことを言っても正気を疑われるだけだろう。

そこらへんをぼかして説明したため迂遠《うえん》になっているのだが、羽鳥殿は、

「へぇー。なんかいろいろてんこもりな子なんだな」

と、流してくれた。飯観寺もそうだが、うちの先輩たちは器がデカいな。

「ところで、なんで羽鳥先輩がここに？」

「あー、最近ちょっと通っててな。ほら、健田先生って武器マニアだろ？　ここに来ればいろんな武器を触れるから、練習させてもらってるんだ」

「？　なんでまた武器を？　異国の姫を匿《かくま》ってたりします？」

「ハハハ、なんだその理由。そんなわけないだろ」

「「……………」」

羽鳥殿は冗談だと思って笑っていた。……普通はそういう反応だよなぁ。

すると羽鳥殿は木刀をビッと構えてみせた。

「ヒーローショーのスーツアクターに興味があってな。まだボンヤリとした進路だけど……まあ身体を鍛えつつ、いろんな武器を扱えるようになりたいと思ってる」

ふむ。つまりライダーやレンジャーの中の人になりたいというわけか。

イケメンだし、変身前の役もこなせてしまうかもしれない。

「じゃあ、今日はそのために？」

「あと『今日、志田が来るから出迎えてくれ』と先生に頼まれてたんだ」

「えっ、師匠は？」

亨が尋ねると、羽鳥先輩はサッと視線を逸らした。

「どうも志田が来るからって張り切ったみたいだ。武者鎧《むしやよろい》姿で出迎えようとして……

ぎっくり腰になったらしい」

「あの人はなにをやってるんだか……」

亨が頭を抱えていた。気になったので私は亨の袖をクイクイと引っ張った。

「その師匠とやらはどういう人なのだ？」

「幕末の戦国マニアこと平山行蔵《ひらやまこうぞう》にあこがれた武器・武術マニアかな。常在戦場が座右の銘で中学のときも、道場では鎧姿だったな……」

「それは……道場から一歩でも出たら不審者なのでは？」

「「アッハッハ……」」

そう尋ねると、亨も羽鳥先輩も薄っぺらな笑みを見せるだけで答えなかった。

「で、亨たちはなんで師匠のところに？」

すると羽鳥先輩は気を取り直すように話を振ってきた。

亨は真面目な顔になって答える。

「いざというとき、動ける自分になりたくて」

「……なにかあったのか？」

亨は羽鳥殿にこれまでのことを話せる範囲で、要点だけをかいつまんで説明した。ちょっと前に私が暴漢に襲われそうになったところを助けたんだけど、危ない場面もあったのでこれを機会に自分を鍛え直したい……という感じだ。

話を聞いた羽鳥殿は「へー」と感心したように言った。

「女の子を護《まも》るためか。いいじゃん」

「………」

「そういうことなら、俺が鍛錬相手になろう」

「えっ、羽鳥先輩がですか？　願ってもないですけど……」

目を丸くする亨。私は尋ねた。

「羽鳥殿は強いのか？」

「うちの高校の剣道部で大将を張ってる」

「それは……強そうだな」

「ハハハ。どうする？　やめとくか？」

挑発っぽく笑う羽鳥先輩に、亨はムッとした顔で拳を握って構えた。

「いえ、お願いします」

「そうこなくっちゃ。無手でいいんだろう？」

そう言って羽鳥殿が木刀を置いたのを合図に、二人は組み打ちを始めた。

足はすり足で体裁きは合気道っぽいが、手や腕や肘で打ち合い、蹴りも使っている。全体的に見れば中国拳法のようにも見える、不思議な戦い方だった。もしかしたら古武術と言いつつ、師匠とやらが勝手に作った流派なのかもしれない。

道場の隅に腰を下ろして、ジーッと見てしまう。

亨も羽鳥殿もキレの良い動きのため格好良く見えた。

(亨……あのような顔もするのだな)

真剣な顔で戦う亨の横顔を見てると……ドキドキする。

私を護ろうとしたときもあんな顔をしていたのかと思うと、目が離せない。

羽鳥殿はイケメンだが、私の旦那様もカッコイイ……のかもしれない。

「……よし」

しばらくそうして打ち合っていた二人だが、やがて羽鳥殿が手を止めた。

どうやらブレイクらしく、距離をとっている。

「ところで、お前はどういう相手を想定してるんだ？」

「それは……こっちの打撃が効かないような、打たれ強いヤツです」

羽鳥殿の問いに亨はそう答えた。……やはり亨は五竜に力負けをしたことを気にしていたようだ。すると羽鳥殿は「ふむ」と口元に手を当てて考えているようだった。

「そういう相手だと硬い部分は避けて弱い部分を探すか、あるいは同じ箇所を集中して叩いてダメージを蓄積させるしかないだろうな」

「はい……でも、そう上手《うま》くいくかは……」

「じゃあアレを使ってみるのはどうだ？」

「アレ？」

「ほら、中学時代に練習しただろう」

すると羽鳥殿は構えると、亨に向けて「打ってこい」と言うように手招きをした。

亨も構えをとると、真っ直ぐに突っ込み、拳を繰り出す。すると……。

ドドドッ！

「ぐっ!?」

三つの打撃音が聞こえたかと思ったら、亨が後方に弾《はじ》き飛ばされた。手加減はされていたようで数歩よろめいただけだったが、亨は目を丸くしていた。

「その技って……」

「思い出したか？　中学時代に練習したアレだ」

「ん？　どういう技なのだ？」

私が尋ねると、亨は照れと羞恥が混ざった顔でポリポリと頬を掻《か》いた。

「格闘マンガで『右手と左手を連動させて攻守一体の動きを見せる』……みたいな技があってさ。再現できないかと練習してた時期があったんだ」

あー……そういえば古武道部とはそういう中二的な部活だったと聞いたな。

「で、その技はさすがに再現できなかったんだけど、練習中にできたのがいまの技。……でも、これなら確かに打たれ強いヤツにも効くかも」

なにやら考え込む亨の横で、羽鳥殿がケラケラと笑っていた。

「あのころはいろいろ練習したよな。『Y○IBA』や『る○剣』の技とか」

「あー、やたら遅い『カ○ナリ斬り』とか『九《く》○龍閃《りゅうせん》』とかやってましたね」

「『虎伏○刀勢』とかは結構再現できてなかったか？」

「構えまではできますけど、あそこから斬り上げができたのは先輩だけでしたよ」

「その点『無差別格闘○乙女流』は楽だったな」

「『猛虎○地勢』とか『魔犬《まけん》○哭破《こくは》』とかはネタ技でしたし」

「でも『敵前○逆走』とかは意外に有用そうだったぞ」

「二人とも、さっきからなんの話をしているのだ」

冷めた目でツッコむと、亨も羽鳥殿もハッとしてバツが悪そうに顔を背けた。

古武道部。どうやら本当に中二的な部活だったようだ。


「師匠とやらに会えなくて残念だったな」

道場をあとにし、その帰り道で私は亨に言った。

亨は「まあな」と苦笑はしていたものの、とくに残念そうでもなかった。

「でも、羽鳥先輩に稽古を付けてもらえたからな。おかげで五竜《ウーロン》との戦い方のヒントは得られた。今度会ったときこそ決着を付けてやる」（パシンッ）

左手に右の拳を打ち付けて意気込む亨。五竜との再戦に燃えているようだ。

「……………」

私は、そんな亨を見ながら……言葉に迷っていた。

私は亨に伝えなければいけないことがある。でも、亨のやる気の源は、私をサル呼ばわりした五竜への怒り……つまり私のために怒ってくれているのだ。

それは亨の妻として、少し嬉《うれ》しい。水を差すのを躊躇《ためら》ってしまうくらい。

そうして言い出せないまま家の玄関まで帰ってきた……そのときだった。

ガチャリッ。

なんと玄関のドアが開き、中から五竜が出てきた。

亨《とおる》の表情がたちまち険しくなる。

「お前、なんで俺の家から！」

「いえ……ゲル？　ここは貴様の、ゲルなのか？」

対する五竜はキョトンとしているようだ。亨は私を背後に庇《かば》った。

「こんなところにまで、メイユエを連れ去りに来たのか！」

「わけがわからん。俺は、呼ばれただけ。だが、喧嘩《けんか》を売るなら買う」

亨が睨《にら》み付けると五竜も身構えた。

すると亨は「上等だ」と言い、アゴをこっちに来いとばかりにしゃくった。

「【男子は競争心に燃えるうちに、女子は嫉妬心に燃えるうちに事に当たれ】と言う。ここで拒む者、草原の男ではない」

五竜も『ゲセル・ハーン』にある言葉を引用しながら、先導する亨に付いて行った。

（ど、どうする？　止めなきゃいけないんだけど、なんて言って止めたら……）

「？　どうしたのですか、お嬢様」

残された私一人がオロオロしていると、家から飛文が出てきて首を傾《かし》げた。

「「　あっ　」」

◇　◇　◇

俺が五竜を連れて向かったのは家からほど近くの土手だった。

この前はたまたま人目に付かなかったおかげで問題にならなかったけど、もし五竜とやり合っている場面を誰かに見られたら通報されかねない。

それを嫌って人目に付かない土手の川縁までやって来たのだ。

日が沈みかけて薄暗い中、草の茂った原っぱで俺は五竜と向かい合った。

「今度こそ勝つ。勝ってメイユエのことをバカにしたことを謝ってもらう」

俺がそう言うと、暗がりの中で五竜は少し驚いた顔をした気がした。

「？　貴様、サルは真名《まな》で呼ぶこと、許しているのか？」

「まだサル呼ばわりしやがるか！　絶対に許さねぇ！」

「だから、サルをサルと呼んでなにが悪い！」

俺が構えると五竜も構えをとった。メイユエに差し向けられた刺客と戦ったことはあっても、あのときはタマフリが使えたから圧倒的な力で勝つことができた。だけどいまは自分一人の力で、こいつに勝たなくてはならない。

先に動いたのは五竜だった。

あのときのようにタックルで組もうとしてくる。

ここで打撃で迎撃しようとすると、前回みたいに耐えられて組み付かれるのが見えていたので俺は横に跳んで躱《かわ》した。

この鋭いタックルばかり仕掛けられると、反撃の糸口が摑《つか》めない。

「どうした？　牛みたいに突進するだけか？」

あえて挑発してみると、五竜は目を怒らせた。

「牛《ウフル》を侮る者、許さぬ！　糧を与えてくれるものを貶《けな》すな！」

「えっ、怒るのそこ？」

そっちは嫁さんをサル呼ばわりしやがるくせに、牛への悪口は許さないのか？

そんなことを思っていると、五竜は跳び蹴りを放ってきた。

くっ、デカい図体《ずうたい》してる割りに機敏に動きやがる。

俺が五竜の蹴りを体勢を低くして躱すと、五竜は俺に向かって拳を繰り出した。

(ここだ！　これを待っていた！)

ドドドッ！

「ぐっ!?」

殴りかかろうとした五竜が三発の打撃音の後に仰《の》け反った。

アレだけ打たれ強かった五竜が右肩を押さえながらよろめき、後ずさる。

「貴様……いまの動き……なんだ」

苦しそうに言う五竜に、俺は左の拳を突き出した体勢のまま答える。

「〝オートコンボ〟って先輩は呼んでたな」

中学時代。格闘マンガにあった右手と左手が連動して動くという技を練習していた際、やっぱりマンガのようには再現できなかった。

マンガだと右手と左手が別の意思を持つかのような動きをしていたけど、二つのことを同時に考えられるような頭でもないかぎりどこかぎこちなくなってしまうのだ。

『じゃあ、あらかじめどう攻撃するか決めとくってのは？』

そんな羽鳥《はどり》先輩の思いつきでできたのがこの技だった。

相手が右ストレートを放ってきた場合だけを想定し、そのあとの反撃をすでに決めておいて頭で考えるよりも前に繰り出すというものだ。

今回の場合は相手の右ストレートを右腕で払ったあと、まず右の肘鉄、次に折りたたんでた右腕を伸ばして裏拳、そして即座に左ストレートを叩《たた》き込んだのだ。

これは相手がどう動くかとかを見ずにあらかじめ設定したコンボを繰り出すだけなので、相手が思うよりは素早く動けるが、狙いは付けられないという欠点もあった。俺より背が高い五竜相手には肩付近に当てるのが精一杯だったようだ。

(でも、前回よりは手応えがある！)

相手にダメージが通ったという手応えがあった。

ただし一発有効打が入っただけであり、前回投げ飛ばされた借りを返せた程度だ。まだ五竜はピンピンしているし、次は相手も警戒してくるだろう。

メイユエを護《まも》るなら、ここからが正念場だった。

「……やるな」

五竜が構えながら言った。どうやら敵として認められたらしい。

「お前もな。岩みたいに硬い」

そして再び激突しようとした、そのときだった。

「二人とも待て！　私の話を聞け！」

いつの間に現れたのか、俺たちの間にメイユエが割って入った。

「って、メイユエ!?」「危ないだろう、サル」

駆け出そうとしていた俺も五竜も咄嗟《とっさ》に動きを止めた。

（……ん？　五竜も？）

さっきまで強敵としか見えなかった五竜も、メイユエの登場に困惑している様子。

するとメイユエは俺たちの顔を交互に見ながら言った。

「ちゃんと説明しなかった私も悪かったのだが、一先《ひとま》ず、みんなで家に帰ろう！」

「「………」」

必死に訴えるメイユエの様子に、俺と五竜は顔を見合わせたのだった。


「本っ当にすまない！」

家に帰り、居間へと集まった俺、メイユエ、五竜の三名。

飛文と須玖瑠《すぐる》は台所で晩ご飯の準備をしながら遠巻きにこっちを見ている。

居間のソファーに座ってすぐ、メイユエは俺たちに頭を下げたのだった。

「お前たちの間には誤解があるんだ！　ちゃんと説明しなかった私が悪いのだが！」

「誤解？」

俺は首を傾げた。五竜も同じような顔をしている。

するとメイユエは俺のほうを見た。

「亨。お前は五竜が私のことをサルと呼んだから怒ったんだよな？」

「ああ、うん。いきなりそんな暴言吐かれたから敵だと思ったんだけど」

「サェハン・サル」

「ん？」

「『サェハン』は『美しい』とか『素晴らしい』を指す言葉で、『サル』とは『月』のことなのだ。つまりサェハン・サルとは……」

「美しい月……あ、美月《メイユエ》の名前か」

「うむ。父と母を除くカレムスタンの者たちは、私のことを『サェハン・サル』とか、単に『サル』と呼んでいる。以前に誤魔化したが、これが私の童名なのだ」

あー、そういえば前にカレムスタンでの童名を聞いたとき、

『私たちからすればそんなことはないんだが、日本人が聞くと酷《ひど》い罵倒のように聞こえてしまう名前でな。亨には、その名で呼んでほしくないというか……』

……とかそんなことを言って教えてくれなかったっけ。

つまり『月《サル》』って呼ばれてたことを、俺には教えたくなかったということか。

「えっ、じゃあ五竜がメイユエをサル呼ばわりしてたのって」

「ああ、単に私の童名を言っていただけだ」

なんてこった。じゃあ俺は嫁の悪口を言われたと勘違いして怒っていたのか。

思わず五竜のほうを見ると、彼はフンと鼻を鳴らした。

「だから何度も言っている。『サルをサルと呼んでなにが悪い』と」

「あー、五竜。日本語で『サル』とは『猿《サルマグチン》』のことを言うのだ。つまり亨からすれば、お前は私のことを猿《サルマグチン》呼ばわりする無礼なヤツということになる」

メイユエがそう説明すると、今度は五竜が目を瞠《みは》る番だった。

「なんだと!?　あ、だから怒っていた、のか」

へー、草原の言葉だと猿はサルマグチンなのか。サルって付くんだな。

つまり俺たちは言葉の壁のせいで誤解していたってことか。

「あれ？　じゃあメイユエを連れて帰るという話は？」

そう尋ねると、五竜は肩を落としながら首を横に振った。

「父は俺にそう命じたが、俺は乗り気ではなかった。かといって連れ帰るまで、国、帰れない。とにかく一度一緒に帰ってくれないか、頼むつもりだった」

「主殿《あるじどの》。どうやら片言だったせいで高圧的に聞こえてしまったようです」

台所に居た飛文がそう補足を入れた。

「お嬢様が命を狙われたことは伝わっていても、お嬢様と主殿の冥婚のことは伝わっていなかったようです。事情を説明したところ、五竜《ウーロン》殿も納得してくださいました」

「魂が繋《つな》がる、信じがたいが、な」

五竜が腕組みしながら言った。まあ……実際目にしないと眉唾だよなぁ。

「じゃあ五竜は一人でカレムスタンに帰るのか？」

「いや。そのことだが……しばらく護衛として残る、ことになった」

「護衛？」

「主殿。本国の汗《ハン》様や美晴《みはる》奥様と連絡を取り合って話し合った結果、五竜殿には日本に滞在していただくことになりました。奥様の会社で一時的に雇用し、必要なときにお嬢様の護衛役を務める見返りとして、この国での生活は保証するという契約です」

聞き返すと、飛文が代わりに答えた。

「お嬢様を狙う刺客や不幸体質のこともありますし、身近に信用できて腕の立つ者を配したいという奥様たちの意向です。五竜殿ならこちらの事情も理解してくれていますから。もっとも、各種手続きのために一度帰国していただくことになるでしょうが」

まあたしかに五竜は強いからな。近所に居てくれるなら心強いか。

すると五竜は俺に向かって頭を下げてきた。

「亨は、サルを護ったと聞いた。その勇気に、サルの友として感謝する」

「あ、いや……そんな……」

ストレートすぎるほどの感謝に、なんだか調子がくるってしまう。

ちゃんと話し合えていたら余計な喧嘩《けんか》をする必要もなかったんだろうなぁ……。

「っていうか、そもそもメイユエはすれ違いがわかってたんだろ？　なら、そのときに指摘してくれれば、こんなに拗《こじ》れることもなかったんじゃないか？」

「それはそのとおりだろう。なぜなのだ、サル？」

俺と五竜の視線を受けて、メイユエは「うっ」と唸《うな》った。

そして「それは、その……」と口ごもりながら目を泳がせている。

なんかハッキリしないなぁと思っていると、

「言い出しにくかったんですよねー、お嬢様？」

「ひ、飛文！」

飛文がやって来てメイユエの両肩にポンと手を置いた。

「旦那様が自分のために怒り、強くなろうと頑張ってくれているんですよ？　そんなお嫁さん冥利に尽きること、止めるのを躊躇《ためら》っても仕方ないでしょう。ね？」

「なっ!?　飛文！」

飛文にウインクされて、メイユエの顔がボッと赤くなった。

どうやら図星らしい。……なんかこっちまで照れくさくなるな。すると、

「あのサルが、そんな恥ずかしげな顔をするなんて、驚きだ」

メイユエの反応を見た五竜がポソッと呟《つぶや》いた。

「なあ、昔のメイユエってどんなだったんだ？」

「ちょ、亨《とおる》、なにを聞いて……」

「お転婆で、子供衆の親分的な存在だった。ヤク《サルラグ》に悪戯《いたずら》をして追いかけ回されたり、仔馬《オナガ》と相撲をとって親たちに怒られたりな。……俺もよく巻き添えで、怒られたな」

五竜が遠い目をしながら言った。俺は思わずメイユエのほうを見た。

「……もしかしてメイユエってガキ大将だったのか？」

「こ、子供のころの話だろ！　お、おい五竜、もうそのくらいに……」

「あーあと、サルには『アルガル蹴りのサル』という二つ名が……グベッ！」

さらに昔話を続けようとしていた五竜の顔に、メイユエは脇にあったクッションを投げつけて黙らせた。アルガル蹴り？

「？　五竜、そのアルガルって？」

「あー、アルガルというのは草原の言葉で……」

「聞くな亨！　言うな五竜！　【子馬から落ちて死ぬことはない　大口のせいで死ぬ】（日本の類義語は『口は禍《わざわい》の門』）と言うだろう！」

メイユエがなにやら妨害しようとしてきたが、

「アルガルとは〝牛糞《ぎゅうふん》〟のことです」

テーブルにお皿と料理を並べていた飛文があっさりとバラした。

「草原の幼子たちの遊びに、かまどの燃料として集めていた牛糞《アルガル》を蹴って遊ぶというものがあるんです。まあ、早い話がサッカーですね」

「まさかの『う○こサッカー』!?」

「牛糞を人糞《じんぷん》などと一緒に考えるな！　草原の民が聞くと怒るぞ！」

あ、そういえば牛糞サッカーが衝撃的すぎてスルーしてたけど、その前にもすごいことを言っていたな。かまどの燃料に使うとかなんとか。

「……そういえばメイユエって、体育のサッカーで無双してたっけ。それって……」

「きっと牛糞サッカーで鍛えられたんでしょうね」

「………///」

頬に手を当ててた飛文の言葉に、メイユエは羞恥でなにも言えなくなっていた。すると、

「……兄さんたち。食事を作ってる横で排泄物《はいせつぶつ》の話はやめてほしいんだけど」

台所の須玖瑠にジト目で注意され、俺たちは揃《そろ》って平謝りしたのだった。

誤解から起きた俺と五竜の諍《いさか》いも、誤解が解ければあっさりと和解できた。

その後、仲直りの印というわけではないけど「一緒に晩ご飯でも食べよう」ということになり、今日は五竜も加えた五人で食卓を囲むこととなった。

「今日の晩ご飯はツィオブン？　ツォイワン？　なんかそんなの」

妹の須玖瑠《すぐる》が大きなフライパンを大皿料理のようにテーブルの上にドンと置いた。中に入っていたのは野菜炒《やさいいた》め？　焼きうどん？　そんな感じの料理だった。

「なんで作ったヤツがうろ覚えなんだ？」

俺が尋ねると須玖瑠はやれやれといった感じに肩をすくめた。

「仕方ないでしょ。飛文さんに教わりながら初めて作った料理なんだから」

「五竜殿も居るので、カレムスタンで食べられている晩ご飯をと思いまして。ボーズ（草原式肉まん）やホーショール（草原式揚《あ》げ餃子《ギョーザ》）は蒸す・揚げるなど手間が掛かりますが、ツォイワンならば麺もほうとう用かきしめんでも代用できますので」

飛文がそう説明した。あ、そういやそんな料理名を前に聞いた気がする。

「草原式の焼きうどん……だっけ？」

メイユエのほうを見ると彼女は頷《うなず》いた。

「うむ。日本語で書くとツォイワンだったり、ツォイバンだったり、ツィオブンだったりするがな。相手にどう聞こえたかで表記が割れただけだろうが」

「あー、カレーとカリーみたいなもんか」

「そうだな……カリ○屋カレーって結局どっちなんだろうな？」

「もう、義姉《ねえ》さんたち。そんなことより早く食べよう」

須玖瑠に促され、俺たちは揃って「いただきます」をした。

五竜も空気を読んだのか、見よう見まねで参加している。

初めて食べたツォイワンは……中々美味《うま》い。言われてみれば焼きうどんだが、油でこってりとしていて味もしっかりめだ。クミンかなにかの香辛料が入っているようだが、醤油《しょうゆ》も使われているようで初めて食べるのに馴染《なじ》み深い感じもする。

「国で食べるものより味は濃いが……美味いな」

五竜がしみじみとした感じで言った。

「そうなのか？」

「ああ。カレムスタン料理は、塩味が基本だ。クミンなど、ウイグル族との交易で手に入るが、醬《ひしお》などの調味料は希少。老人たち、味濃いの嫌がるかもな」

へー。やっぱ食べ物ってお国柄が出るんだな。

そして美味《おい》しい食べ物があると会話が弾むというのは万国共通らしい。最初は緊張した様子だった五竜も、須玖瑠とも普通に会話ができるようになっていた。

「実に、美味《アムトウタエ》。……アイラグが飲みたくなる」

「それなぁ」

五竜の言葉にメイユエが同意していた。須玖瑠が首を傾《かし》げる。

「？　義姉さん、アイラグって？」

「馬乳酒のことだ。まあ馬《アドー》だけでなく牛《ウフル》などの乳で造る酒のこともアイラグと呼ぶがな。

聞いたことぐらいはあるだろう？」

「え、義姉さん。もうお酒飲んでるの？」

「アルコール度数も低いし健康に良い。我が国では子供も麦茶感覚で飲んでるぞ」

少し自慢げに語るメイユエ。すると、

「でも、ここは日本なのでこの国の法律は守らなくてはなりません。五竜殿もこの国では
飲酒可能な年齢に達していないので我慢してください」

飛文がやんわりと釘《くぎ》を刺した。不満げな顔をしたメイユエと五竜だったけど、

「あ、カ○ピスならありますよ」

と言われてもらっていた。カ○ピスでもいいんかい。

そんな和やか（？）な雰囲気で食事が進み、ふと気になったことがあった。

「なあ、五竜」

「ムグ……なんだ？」

俺はツォイワンを頬張っていた五竜に尋ねた。

「ほら、初対面のとき、空腹で倒れてただろ？　あの後どうしたんだ？」

「ゴクン……あのときか」

カ〇ピスで口の中のものを喉の奥に流し込んだ五竜《ウーロン》。

すると、なにやら遠くを見るような、なにかを懐かしむかのような顔をしていた。

「金星《ツォルモン》に出会ったのだ」

「えっ、つぉるもん？」

「ああ。お前たちに置いて行かれたあとのことだ……」

◇　◇　◇

亨とメイユエがその場を離れてしばらく経《た》ったころ。

「？　あの～、大丈夫ですか？」

空腹で動けなくなったウーロンに話しかける人物がいた。

「っ!?　誰だ？」

「誰って……ただの通りすがりだけど……」

その人物は倒れた五竜の前にかがみ込むと、彼のことを観察し出した。

「変な服着てるけど外国の人？　それともなにかのコスプレ？」

「こすぷれ……とは、なんだ？」

「あー、じゃあ外国の人なんだ。えーっと、キャナイヘルプユー？」

外国人なら英語のほうが通じると思ったのか、その人物は下手くそな英語で話しかけてきた。五竜はさっきから日本語を使っているのに。なんだか変な人物に出会ってしまったようだと思いながら、五竜はゆっくりと身体《からだ》を起こした。

「問題、ない。腹が減って、動けなかっただけだ」

「ん？　お腹空《なかす》いてるの？」

その人物はキョトンとした顔で首を傾げた。

身体を起こしたことで、五竜はようやくその人物の顔を見ることができた。

(日本《ヤポン》の……女子か？　サルと同じ服を着ているようだが)

声を掛けてきたのはゆるふわな髪を明るく染めた女子生徒だった。亨やメイユエと同じ学校の生徒なのか、メイユエと同じ制服を着ている。ただメイユエよりも胸や太腿《ふともも》あたりが多少ムチッとしていて、より女の子らしい女の子といった感じだった。

「動ける？　ちょっとこっちに来て」

そう言うとその女子生徒は五竜の手を引くようにして、近くにあった公園の中へと入っていった。そして公園内のベンチに二人揃って腰掛けると、女子生徒は手にしていたレジ袋の中から、まん丸としたものを取り出して五竜に差し出した。

「はい、どうぞ」

「………」

五竜は受け取ったものをマジマジと見つめる。

「これは……ボーズか？」

「ボーズ？　肉まんだけど？」

五竜が受け取ったのは真っ白くぷっくらとした肉まんだった。

ちなみにボーズとは中国語の『包子《パオズ》』を語源に持つ、草原式の肉まん・小籠包《しょうろんぽう》のようなものなので彼の認識でも間違いではなかった。

女子生徒は美味しそうに肉まんに齧《かじ》り付いた。

「ん〜♪　あのコンビニは夏でも肉まん、冬でもソフトがあるのが良いんだよね〜」

「……はむっ」

女子生徒の美味しそうな食べっぷりを見て、五竜も肉まんに齧り付く。

小麦の香りが鼻をくすぐるふんわりとした生地、その中から溢《あふ》れる肉餡《にくあん》の旨み。それは五竜にとっても慣れ親しんだ味であり、遠い異国の地にあっても心を和ませた。空腹だったのだから尚更《なおさら》だ。落ち着いたころ、五竜は女子生徒を見た。

「なぜ？　俺を、助けてくれた？」

「はむっ……なぜって、お腹空いてるのって辛《つら》いでしょ？」

早くも一個を食べ終え、次の肉まんに齧り付いてる女子生徒は言った。

「私が食べるの大好きだからね。お腹いっぱいなら、人間とりあえずは幸せになれるだろうし、外国から来てくれた人にひもじい思い出を作らせるのも……ね？」

ニコッと笑うその女子生徒の顔に、五竜は釘付けになっていた。

子供のころからメイユエのようなじゃじゃ馬な女の子に振り回されてきた五竜は、大人しくて優しい女の子に惹《ひ》かれるようになっていた。つまるところ、目の前の女の子は五竜の好みにどストライクだったのだ。

するとと食べ終わった女子生徒は「さてと」と立ち上がった。

「それじゃあ、私は行くね」

「あっ……」

残っていた肉まんの欠片《かけら》を口の中に詰め込むと、五竜は慌てて声を掛けた。

「あの、感謝する。俺は五竜。貴殿の名前は、なんだろうか？」

「ウーロン……そんな名前のアニメキャラがいた気がする」

女子生徒は一瞬キョトンとしていたが、クスッと笑った。

「私は華音《かのん》」

「カノン……」

「うん。それじゃあね、ウーロンくん」

ヒラヒラと手を振りながらその女子、華音は去っていった。

そんな彼女の背中を見つめながら、五竜は呟《つぶや》いた。

「カノン……まるで金星《ツオルモン》の姫君のようだ」

◇　◇　◇

「……と、いうことがあった、のだ」

五竜が少し照れたような顔でそんなことを言った。

若武者のような五竜のそんな表情を見て、俺はメイユエと顔を見合わせた。

(「なあ、金星《ツオルモン》の姫君って？」)

(「スバル星団《ミチドウ》の兄弟に求婚された姫……日本で言うところのかぐや姫だ」)

(「それって……惚《ほ》れてるってこと？」)

(「う、うむ。五竜とは長い付き合いだが、あんな顔は初めて見たな」)

メイユエは親の馴《な》れ初《そ》めを聞いたときのような微妙な顔をしていた。

一方で、俺はちょっとだけホッとしていた。

(良かった……ライバルにはならなかったみたいだ)

「ん？　どうした、亨《とおる》」

メイユエの顔を見ていたら、不思議そうに首を傾げられた。

「んー。なんでもない」

いま考えていたことは、メイユエには内緒にしておこう。

【なぜなに？ カレムスタン９】

重装機兵ジャンガル

亨 「え、これってカレムスタンの文化紹介コーナーじゃないの？」

美月「カレムスタンの思想に影響を与えた日本のアニメーション……としてなら紹介しても問題なかろう。この際、亨にもジャンガルのことを知ってほしいしな」

亨 「あーうん。わかった」

美月「うむ。ところで亨はジャンガルについてどの程度知っているのだ？」

亨 「叙事詩の『ジャンガル』じゃなくてロボットアニメの『ジャンガル』だよな？　アニメ作品でプラモが人気。あとＪジェネやウルロボ（『ジャンガル・ジェネレーション』『ウルトラロボット戦記』の略）経由でザックリとしたシナリオはわかるかも」

美月「ふむ。ならばもっと基礎的な知識について語ろう。初代ジャンガルは昭和ロボットアニメブームの中で生まれたのだが、それまで主流だった勧善懲悪的なヒーローロボットものとは対照的に、思想の対立はあっても善も悪もないリアルな世界観と、ミリタリー要素を前面に出した画期的な作品なのだ」

亨 「う、うん」

亨 （やばっ。語りが本気すぎる）

美月「放送当時、この革新過ぎる設定は一部の大人たちには支持されたが、スポンサーであるオモチャ会社がメインターゲットにしていた子供には受け入れられず、あわや打ち切り、あるいは放送短縮がほぼ決まりかけていた」

亨「な、なるほど」

亨（どうしよう。理解が追いつかなくなってきた……）

美月「しかし、そこでいまジャンプラを作っている会社がスポンサーを引き継ぐことで、それらの危機を回避したのだ。ジャンプラは放送当時にブームを巻き起こし、アニメは完全な形で制作されるに至ったのだ」

亨「………」

美月「だが、初代の完成度があまりに高かったため、続編への期待とハードルが上がりすぎた結果、企画はされるものの頓挫という事態が相次いだのだ。『R』や『S』や『SS』のような続編を期待されていたのだがなぁ……」

亨「それは別のアニメだろ」

美月「ともかく、ジャンガルは初代以外は昭和に制作されなかったのだ。そして月日は流れ、平成以降になってようやくアナザー作品として制作されるようになった。女性ファン獲得を意識して主人公にイケメンたちを集めた『ジャンガルフェニックス』、より武骨にミリタリーを意識した『ジャンガルロウガ』、初代のパラレルストーリーとして制作され評価の高い『ビスケット缶の中の戦記』などの作品が制作されたのだが、どれも初代ジャンガルとは直接関係のない別世界の話になっている。だが、ついに！」

亭　「お、おう」

美月「満を持して、初代の正当続編として制作されたのがいま放送中の……」

亭　「ジャンガルⅡ《ツー》ってわけか？」

美月「『Ⅱ《ツー》』ではない『Ⅱ《ツヴァイ》』だ！」

亭　「細かいな！　どっちでもよくないか？」

美月「読み間違いは一部界隈が激怒するぞ。『α《アルファ》』ではなく『α《アルパ》』とかな」

亭　「物騒だな！　それに違いがよくわからない！」

美月「まあともかく、これでジャンガルのことはわかってもらえたか？」

亭　「お、おう。よくわかったよ」

亭　（マジ解説過ぎてちょっと引いたけど……）

美月「よし。それでは次に各作品ごとの機体の特色を……」

亭　「ま、また今度にしよう！　な？」

美月「う、うむ。そうか」

亭　（さすがに付き合いきれないよ……）

5，妻（仮）との横浜デート

五竜《ウーロン》はカレムスタンに帰っていった。

手続きのため一時的に帰国するだけだが、戻ってくるのは九月ぐらいになるだろうとのことだ。メイユエに関して対抗心を持った相手だけど、腹を割って話せば良いヤツっぽいので、今度来日したときには仲良くやれたらいいなぁと思っている。

そして五竜帰国の数日後、俺とメイユエは夏休みに突入した。

学校もなく、出された宿題をすぐにやる必要もなく（まあそうやって調子に乗ってて、いつも後半で苦労することになるんだけど）、朝寝坊しても許される最高の日々。

一点、うだるような暑ささえ我慢できれば。

俺は遅めの朝食でパンを齧りながら、向かいで溶けているメイユエを見た。

「暑い……まだ朝だというのに、なんなのだ、この暑さは」

テーブルに突っ伏し、額に大汗を掻《か》きながらメイユエは言った。

「ジメジメしてるし。日本《ヤポン》の夏季はいつもこうなのか？」

「モグモグ……まあ、年々暑くなってる気はしてるけど」

「カレムスタンの冷涼な気候が恋しい……」

内陸の高地にあるカレムスタンの夏は日本よりは乾燥してて涼しいらしい。そのせいでメイユエは見事に、日本の夏にノックアウトされたようだ。

俺も暑いけど、目の前にもっと暑がりがいると平気な気がしてくる。

「そんなに暑いならクーラーの効いた部屋にでもこもってたら？」

「いや、あの機械的な涼しさも苦手なのだ。身体《からだ》が冷えすぎるというか」

「難儀だなぁ」

俺は回していた扇風機の首振り機能を止めて、メイユエのほうに固定した。

サーッとした風がメイユエの前髪を揺らしている。

「あー、たまらん……良い……すごく良い」

「マッサージ受けてるときみたいな感想だな」

「クーラーよりは扇風機のほうが好きだ」

「メイユエなら自分で風を起こせるんじゃ？」

カレムスタン人は水や大気などの流れを操る力を持っている。汗《ハン》の血筋であるメイユエはとくにその力が強く、タマフリなしでもそよ風くらいなら起こせたはずだ。

するとメイユエは「んー」と大きく伸びをした。

「自分でやるのも面倒だろう。団扇《うちわ》があれば扇風機はいらないか？」

「それは……わからなくもない」

「だろう？　つまるところ扇風機は最高ってことだ」

緩みきった表情で言うメイユエを見て、俺も自然と笑顔になっていた。

すると、二階のほうからトテトテと足音が聞こえてきた。

（この足音は……須玖瑠《すぐる》か？）

そんなことを思っていると、案の定、須玖瑠がやって来た。

「兄さん、起きた？」

居間へとやって来た須玖瑠。その手には、なにやら箱っぽいものが入っていると思われるビニール袋を持っていた。

「ん？　なにか用？」

「兄さんに頼みたいことがあって」

そう言って須玖瑠がビニール袋から取り出したものは……。

「おっ、ジャンプラではないか」

俺より先にメイユエが食いついた。さっきまでレンジで温めたお餅みたいにぐで～んとなっていたにもかかわらず、身を乗り出しながら目を輝かせている。

ジャンプラ。『重装機兵ジャンガル』シリーズのプラモデルだ。

なになに……1／144『ジャンガルロウガ』？

「いまやってる『ジャンガルⅡ』の前のシリーズの主人公機だな。『ロウガ』のメカデザインは獣チックで格好良いのだよな。武骨と言うより野性って感じで」

横から覗《のぞ》き込んだメイユエが言った。

カレムスタンではジャパニメーションである『重装機兵ジャンガル』シリーズが大人気

で、国民の思想にまで影響を与えているらしく、メイユエも大好きなロボットアニメだった。ちなみに現在放映中の『ジャンガルⅡ』は初代『ジャンガル』の正当続編として制作されたものだけど、シリーズ二作目というわけではなく、『初代』と『Ⅱ』の間にいくつものアナザー作品が制作されている。『ロウガ』もその一つだった。

「で、なんでジャンプラ？」

「友達のツバメちゃんからもらった。『ジャンプラ№1クジ』で、キャラクターのアクリルスタンドは欲しかったけど、ロボットのほうには興味ないからって」

……まあ、楽しみ方は人それぞれだよな。うん。

「で、兄さんに作ってもらおうと思って」

「なんか前にもそう言って作らされたことあったよな？　自分で作ればいいじゃん」

「完成品は欲しいけど、作るのには興味ない」

いや、プラモの醍醐《だいご》味《み》って自分好みに制作する過程を楽しむことなんじゃ？

そう言っても須玖瑠はフルフルと首を横に振った。

「兄、作る人。私、愛《め》でる人」

「昔怒られて放送中止になったＣＭのキャッチコピーみたいに言われても」

「お願い、兄さん」

須玖瑠が後ろからおぶさるようにのし掛かってきた。いや重いし暑い。

「……で、どれくらいのものを作ればいい？　素組みでいいのか？」

観念して尋ねると、須玖瑠はのし掛かったままニンマリと笑った。

「贅沢《ぜいたく》は言わない。素組みでもいい」

「うん。それなら……」

「でも、できたらつや消しを噴いてくれると嬉《うれ》しい」

「まあ、それくらいなら大した手間でも……」

「墨入れをして、ブレードアンテナやピストン部分だけでもマーカーで部分塗装をしてくれたら、もっとも―っと嬉しい」

「結構細かく指示出すじゃん」

最初の前振りはなに？　ゲート処理をしなくていいだけマシだろうか？

いやまあ最近のジャンプラは最初から段落ちモールドとかアンダーゲートとかで、繋《つな》ぎ目やゲート跡が目立たないような構造になってるけども……。

「兄さんなら可愛《かわい》い妹のためにベストを尽くしてくれると信じてる」

「信頼するフリして圧を掛けてくるのやめい」

「………」

そんな俺と須玖瑠の会話をメイユエがジーッと見ていた。

プシュ――――ッ。

「仲が良いのだな。其方《そなた》たち兄妹は」

朝食を食べ終えた後、ベランダに出てランナーにつや消しのトップコートを噴きかけていると、部屋の中から見ていたメイユエがそんなことを言った。

今回は面倒なのでパーツをランナーから切り出さないまま極細マーカーで墨入れし、ランナーごとトップコートを噴き付けている。須玖瑠に頼まれた部分塗装はつや消しで変色するので、あとでメタリックシルバーのマーカーで塗るだけにする。

「そうか？　兄妹なんだし普通だと思うけど」

「いや血を分けた相手ほど骨肉の争いをするものではないか？」

「そんな戦国時代みたいな価値観を持ち出されても……」

「ゲセル聖明ハーンにとって、もっとも警戒すべき相手は叔父のチョトンだしな」

モンゴル三大叙事詩の一つ『ゲセル・ハーン』の主人公だっけ？

まあ神話とかだと家族が敵って多いよな。

「……まあ、ずっと二人だったからな。助け合わなきゃだろ」

「………」

母さんは須玖瑠が小さいときに亡くなり、父さんは発掘現場を飛び回っていて家を空けがちだった。須玖瑠と二人、フォローし合って生きてきたんだからな。

それを淋《さび》しいと思ったことはさほどなかったけど……でも……。

「ん？　どうかしたか？」

メイユエがキョトンと首を傾《かし》げた。マジマジと見てしまっていたようだ。

「……なんでもない」

「？」

いまはメイユエが居て、飛文も居て、前よりずっと賑《にぎ》やかになった。メイユエは魂的には俺の嫁さんでもあるので、家族と呼んで差し支えない相手なわけだし……なんかこう、家族が増えるということの安心感や温かさをひしひしと感じている。

「……さてと」

俺はトップコートを終えたランナーをガラス戸に立てかけた。

「今日は良い天気だし、三十分もすれば乾くだろ。それまで放置」

「ふ～む」

頬杖《ほおづえ》を突きながら感心なさげに言ったメイユエだったけど、チラチラとランナーのほうを見ていた。そうかと思えばジャンプラの空き箱や説明書を手に取って見ている。その仕草はまるで、オモチャコーナーの前で買ってもらえるか期待する子供のようだ。

そういえば、メイユエもジャンガル好きなんだっけ。

「……もしかして、メイユエもジャンプラ欲しい？」

「うぐっ……いや、その……うむ」

図星を突かれた様子のメイユエは少し視線を泳がせた後で、観念したように頷《うなず》いた。

「これまでは造形物に興味はなかったが……亨《とおる》が作ってるのを見てると、なぁ」

「ああ、人が持ってるのを見ると欲しくなるよな」

「うむ。私も作ってみたいなぁって」

あるある。……でも、ジャンプラかぁ。

一時期買いにくくはなっていたけど、量販店に行けばなにかしらはあるだろう。再販品は厳しいけど昔の主人公機なんかは増産されてるし。でも、どうせなら……。

「なあ、メイユエ」

「なんだ？」

「前に横浜《よこはま》の『動くジャンガル』に連れてくって約束しただろ？　動くジャンガルの近くにはプラモを売ってるところもあるし、一緒に……」

「行く！」

メイユエは食い気味に答えた。

こうして俺とメイユエは明日、横浜まで行くことを決めたのだった。


翌日。横浜元町《もとまち》方面に向かう『みなとみらい線』の中。

「ふ～んふふ～ん♪　ふんふんふん♪」

メイユエは俺の隣で、初代ジャンガルの主題歌『燃えさかれジャンガル』を鼻歌で歌っていた。かなり浮かれ気分なのが丸わかりだ。

今日のメイユエはいつもの民族衣装でも学生服でもなく、半袖シャツにホットパンツというラフな格好だった。健康的できめ細かな肌を多めに晒《さら》しているためか、お出かけ前に飛文によって日焼け止めクリームを多めに塗りたくられてたっけ。

「？　どうかしたか？」

ジッと見ていたらメイユエに小首を傾げられた。

「あ、いや、メイユエのそういう格好、久しぶりに見たなぁって」

少し照れくさくなりながらそう言うと、メイユエは「ふむ」と頷いた。

「確かに家ではカレムスタンの衣服だし、学校では学生服だからな。こんな日本《ヤポン》の女の子っぽい格好をしたのは、二人で焼き肉を食べに行ったとき以来で……あっ」

「………」

急にメイユエの顔がボッと赤くなった。

二人で焼き肉を食べに行ったとき。

それは俺たちが初めてデートらしいデートをした日でもある。

映画を観《み》て、焼き肉を食べて、河川敷でメイユエの弾く馬頭琴《モリンホール》の音色を聞きながら昼寝して……というあの日のことを思い出して照れたのだろう。なんでわかるかって？……多分、俺もいま似たような顔をしているだろうから。

「オホン。ところで、だ」

メイユエが話題を変えるように咳払《せきばら》いをした。

「降りる駅は『元町・中華街駅《ちゆうかがい》』でいいのか？　昨日調べたらそこが動くジャンガル像に一番近い駅となっていたが」

あっ、メイユエも下調べしたんだ。よっぽど楽しみだったのだろう。

「あーいや、その手前の『日本大通り駅《にほんおおどおり》』で降りようかなって」

「ん？　なぜだ？」

「その駅の近くに、ちょっと寄りたいスポットがあってさ」

俺はスマホをタプタプと操作すると、映し出された画像をメイユエに見せた。

「このアニメって知ってる？」

「おお、これか。知ってるぞ。主題歌が有名だよな。は〜し、むぐっ」

「うわっ、こんな場所で歌うな！」

俺はあわててメイユエの口を塞いだ。

歌うのは諸々《もろもろ》な意味で危険だ。絶対に、諸々な意味で！

そう念を押すとメイユエはコクコクと頷いたので手を離す。

「プハッ……で、このアニメがなんだと言うのだ？」

「このアニメって歌劇団が出てくるだろ？　日本大通り駅の近くに、その劇場のモデルになった『開港記念会館』があるからさ。動くジャンガルまで一駅程度の距離だし、せっかくだから観《み》ていかないか？」

「なるほど聖地巡礼というヤツだな。たしかに観たいな」

良かった。メイユエも興味を持ってくれたみたいだ。

ホッと胸を撫《な》で下ろしていると、メイユエはニヤニヤ顔でこっちを見ていた。

「……なに？」

「いいや？　動くジャンガルの下調べなら私もしたけど、周辺スポットまでは調べなかったからな。亨は今日のお出かけのためによほど準備したと見える」

「うぐっ……」

図星だった。どうせだったらメイユエを楽しませたいと思って、この周辺でメイユエが喜びそうなスポットを調べておいたのだ。まだ魂だけの関係とはいえ、彼女の夫として多少の見栄《みえ》は張りたかったのだけど……どうやら見透かされたらしい。

格好つかないなぁと思っていると、メイユエが肘で軽く小突いてきた。

「そんな顔するな。私は嬉しいよ、旦那様」

「………」

……まあいいか。俺のちっぽけなプライドよりも、メイユエを楽しませるのが一番だろう。旦那様と呼ばれただけでそう思ってしまう自分がチョロすぎとは思うが。

とにかく、気を取り直して楽しもう……うん。

と、そう思っていたのだけど……。

「「………」」

日本大通り駅の出口近くの交差点。

そこに立ち尽くした俺とメイユエの、道路を挟んで反対側にあったのは〝シートに覆われて中がどうなっているのかわからない大きな建物〟だった。

『横浜市開港記念会館』。まさかの修繕工事真っ最中。

全体的にシートが掛けられていて、時計台もシルエットが薄《うっす》ら見える程度だ。

あれだけ下調べしたのに、こんな大事なことを見落としていたなんて……。

「……ごめん、メイユエ」

「ま、まあ、アレも巨大な天幕と思えば馴染《なじ》みも深い……のではないか？」

ガックリと肩を落とした俺を見かねたのか、メイユエがフォローするように言った。

気遣いの言葉が胸に突き刺さる。

するとメイユエは俺の背中をバシッと叩《たた》いた。

「【しあわせでもベッドでは歌うな　辛《つら》くてもベッドでは泣くな】だ」

「？　どういう意味？」

「ツいてる日もあればツいてない日もあるのだから、一々気にしたってしょうがないという意味の諺《ことわざ》だ。わ、私は……亨に凹《へこ》んだ顔をされるより、気持ちを切り替えて、私とのお出かけを楽しんでくれると嬉しい……ぞ」

少し照れくさそうな顔でメイユエはそう言った。

そんなメイユエの不器用な優しさに、俺の肩肘張っていた心も解《ほど》けた。

「……そっか。そうだよな」

格好つかなかったからって凹んでいてもしょうがない。

横に居る嫁さん（魂）を楽しませるのが第一だ。凹む前に動く。

「それじゃあジャンガルまで海沿いを歩きますか」

「海か！　そういえば妙な空気の匂いを感じていたが、海が近いのだな」

「ちょっと歩くだけですぐに海に出るぞ」

「飛行機から見たが、近くで見たことはないからな。楽しみだ」

そして俺たちは海のほうへ向かって歩き出した。


ついでだからもう一つ有名な観光スポットである『赤レンガ倉庫』も観ていこうかなと思い、海岸通りを越えて『象の鼻パーク』のあたりの海辺に出る。

「ほら、メイユエ。これが海だぞ」

「おお！　これが海……って……ん？」

大きめなリアクションをしようとしたメイユエだったけど、段々と尻すぼみになる。そして目の上に手を当てて光を遮りながら海を眺めると、小首を傾げた。

「これが海なのか？　なんか思っていたのと違うのだが」

「えっ、間違いなく海だけど？」

「対岸がすぐそこだし、川や湖とさして変わらんように見えるが……」

「ああ、そういうことか」

　どうやらメイユエは水平線が見えるほどだだっ広い海の景色を想像していたらしい。対岸は芝浦《しばうら》あたりだっけ？　まあデカい海にはこういう場所もあるさ」

「ここらへんは東京湾の中でも、さらに入り江みたいになってる場所だからなぁ。対岸は芝浦《しばうら》あたりだっけ？　まあデカい海にはこういう場所もあるさ」

「う〜む……この景色だとマルカコル湖のほうがよっぽど大きく思えるな」

「マルカ……なに？」

「マルカコル湖。カザフスタンの湖だ。大陸にはカスピ海をはじめ、琵琶湖《びわこ》などが遠く及ばない巨大な湖が沢山あるからな。広い水の景色だと私は湖を連想するな」

「ふうん。そうなのか」

　考えてみれば琵琶湖ですら（テレビ中継とかの映像は別にして）実際にこの目で見たことはないし、その大きさを体感したことはない。俺が大きい湖というのを実感できないのと同じように、メイユエは大きくない海というものを実感できないのだろう。

「それじゃあ……開運部の合宿が楽しみだな。泊まる場所は太平洋側らしいから大きな海を体感できると思うぞ」

「うむ。実に楽しみだ」

　オカルト関係でちょっと不安があるけど、メイユエがだだっ広い海を見たらどんな反応をするのかなぁって想像すると……ちょっとだけ楽しみな気がしてきた。

　そんなことを話しながら俺たちは海沿いの道を歩いた。

「あ、メイユエ。あそこに見えるのが赤レンガ倉庫だぞ」

見えてきた赤い建物を指差すと、メイユエが首を傾《かし》げた。

「たしかにレンガの建物だが……有名なのか？」

「あーいや、俺も詳しくは知らないけど明治とかの建物じゃなかったっけ？　歴史ある建物って感じで、なんて言うか『文明開化』とか『大正浪漫《ろまん》』って感じしない？」

「そんな日本人の価値観で語られてもなぁ……」

日本滞在歴一ヶ月ちょっとのメイユエは共感できなかったようだ。

「そもそも、長らく遊牧生活だけを続けてきた我が国で、文明開化と言えば母上が父と出会ったときだろうしな。まだ二十年も経《た》ってないだろう」

「近いな、文明開化！」

平成にそういえばポケベルとかMDとかあったなぁ……って思い出すくらいの感覚で文明開化を思い出せるのか。あと一国を文明開化させた美晴《みはる》さん、ヤバすぎる。

「どうする？　寄ってみる？」

「んー、いい。よくわからんし」

「そっか。じゃあ埠頭《ふとう》のほうに行こう」

俺たちは山下公園へと向かう遊歩道を歩いて行く。こういうときって女性の歩幅に男性が合わせるのがスマートなんだっけ？　だけど今日のメイユエは気持ちが逸《はや》っているのかいつもより早足気味なので、合わせる必要もなかった。

するとメイユエがクンクンと匂いを嗅ぐ仕草をした。

「……嗅ぎ慣れない匂いがずっとしてる。やはりここにあるのは海なのだな」

「さっきから言ってるじゃん」

「実感できそうだという話だ。海の水は舐《な》めたらしょっぱいのだろう？」

「舐めてみるか？」

「ふむ……あんまり舐めたい色ではないな」

「うん。舐めるならもっと透明度の高い海のほうがいいと思う」

そんなどうでもいいことを話しながら歩いて行く。

「おお、デカい船だな！」

公園に入ったとき、目に入った大きな船にメイユエが食いついていた。

赤レンガ倉庫はスルーで、あの大型船には興味津々なのか？

「えーっと……氷川丸《ひかわまる》って書いてあるな。船にはテンション上がるんだ」

「うむ。我が国には船などないからな」

「えっ、そうなの？　海はないだろうけど川とかはあるんじゃ？」

「湖も川もさほど深くないからな。漢土《アドー》に『南船北馬』という言葉があるが、漢土より北にある我が国では移動手段はもっぱら馬なのだ」

「あれ？　じゃあもしかして船に乗ったことないのか？　ボートにも？」

「ないな」

「ふーん」

じゃあ今度ボートに乗れるところでも連れて行ってみようかな。スワンボートとか乗せたらどんなリアクションをしてくれるだろう。ちょっと楽しみだ。

「中を見学できるみたいだけどどうする？」

「……いや、すでにアレが見えているだろう」

そう言ってメイユエが指差した先にあったのは、表面に『JUNGAL FACTORY』と書かれている建物だった。ということは、あの建物の向こうに動くジャンガルがあるのだろう。するとメイユエはガシッと俺の手首を摑《つか》んだ。

「あれが目に入ったらもう我慢できん。早く行こう！」

「わ、わかった。わかったから落ち着けって」

俺はメイユエに引き摺《ず》られるように公園を早足で抜けていった。


そして辿《たど》り着いたジャンガル・ファクトリー。

入り口の向こうにジャンガルの足だけが見えている。

受付窓口で『入場チケット』と『デッキから動くジャンガルを間近で見られるチケット』がセットになっているものを二人分購入する。

「もうすぐ一時の回が始まりますので、入場後すぐにジャンガルの右側、足下の待機列にお並びください」

受付の人にそう言われて、俺たちは促されるままに入場ゲートをくぐる。そのときに入場特典なのか、なんだか小《ち》っこいプラモデルのランナーが入ったものを渡された。

「『1／200　REファースト・ジャンガル』だそうだ」

待機列に並んでいるとき、受け取ったミニプラモを眺めながらメイユエが言った。

「あの動くジャンガルの1／200キットらしい」

「あれ？　初代ジャンガルなんじゃないのか？」

「説明文を見るとどうやら外観は初代っぽいが、別物という扱いらしいな。たしかに胴回りの色合いや、可動のために肩が割れるようになってたりと違う部分はあるが」

「そうなのか？……サッパリわからん」

メイユエと違ってジャンガルにそこまで造詣がない（ジャンプラぐらいは組むけど）俺には違いがよくわからなかった。ってか、足下から見上げるとやっぱデカいな。

「よく見ると身体《からだ》の至る所に注意書きみたいなのがあるんだな」

「ブースターとかハッチの部分だろう。『安全注意』的な文言なのではないか？」

「ああ。たしかに『WARNING』って書いてあるな」

「プラモならデカールで表現される部分だろう。憶《おぼ》えておいて損はないのでは？」

「デカール貼りまではやりたくないなぁ……」

どうも苦手意識があるんだよな。とくにパーツをぐるっと一周する線みたいなの。

そんなことを話していたら整理係の人にドックタワーの上へと案内された。

◇　◇　◇

「た、高いな……」

エレベーターを使ってデッキに上がった私は、そこから見える景色にわずかに足がすくんだ。ドックタワー観覧の列の最後のほうに滑り込んだところ、通されたのは二つあるデッキの高いほう、肩の上あたりにあるデッキだった。

右を見ればガラス越しにジャンガルの後頭部とビーム剣の柄《つか》部分。

左を見ればガラス越しに地上十八メートルくらいの宙空。

自分の遥《はる》か下に地面があるというその景色に一瞬怯《ひる》んでしまう。

「？　そんなに高いか？」

亨《とおる》がキョトンとした顔で聞いてきた。

「我が国は平原だからな。このような高い場所はあまりないのだ」

「でも、山に囲まれてるって言ってなかった？」

「山はなだらかな斜面だろう。こんな景色は崖っぷちにでも立たなければ見られん」

「あー……まあガラス戸がなきゃ怖いか」

亨も納得したように頷《うなず》くとジャンガルのほうを見ていた。

「でもギリギリで入った割りには上の階に来られたんだな。顔が近いじゃん」

「いや、それが良いこととは限らんぞ。見られても後頭部から横顔だしな。一番動く腕周りの駆動系を見るなら下の階のほうがいいだろうし」

「こだわりがすごいな……」

「まあ、好きだからな」

若干付いて行けてないって顔をした亨に私は苦笑を返した。

「整備士視点でジャンガルを見られる日がくるなんて思わなかったよ」

「そんなに喜んでもらえるなら、連れて来た甲斐《かい》があるな」

「ふふっ、感謝してるよ」

そんなことを話していると、観覧の際の注意点をガイドが説明し始めた。どうやらデッキの中では列をグルグルと移動しながらの観覧になるらしい。亨は「回転寿司《かいてんずし》みたいだな」と言っていたが、回転寿司は行ったことがないのでよくわからなかった。

と、時間になったのか音楽が鳴り始めた。

そしてパイロットとコントロールルームとのやり取りで、このジャンガルの起動実験のストーリーなどが語られ始める。どうやらこのジャンガルは初代ジャンガルに使われていた技術を、後世に記録するために新造された実験機らしい。

「ん？　この摩擦抵抗を軽減させる技術よりも前にフライト技術の実験をやったのか？　技術的には順番が逆なんじゃ？」

「マニアックすぎてわからないってば……」

私の呟《つぶや》きに亨が呆《あき》れたように言った。

そしてジャンガルが動く様子を観《み》ながら、語られるストーリーに耳を傾けることしばし。デッキを移ったりしながらジャンガルが待機場所にまで戻るのを見届けて、私たちは地上へと戻ってきた。そのとき私がどうなっていたのかと言うと……。

「……グスン」

涙ぐんでいた。私の顔を見て隣にいた亨がギョッとしていた。

「えっ、メイユエってば泣いてるのか!?」

「うぅ……これが泣かずにいられるか。まさか起動実験中のアクシデントにこんな理由があったとは……そしてAIの口から語られる言葉の数々がもう重みがあって……」

「そ、そういうものか？」

「人は何度同じ過ちを繰り返すんだろうな……」

「めっちゃ感情移入してるじゃん」

亨は呆れたように溜息《ためいき》を吐《つ》くと、私に向かって手を差し出した。

「ほら、ジャンプラ買って帰るんだろ？　売店に行こうぜ」

「ぐすっ……うむ」

差し出された亨の手を取ったとき、私は気付いた。

「あっ……」

「？　どうかした？」

「……いや、なんでもない」

亨は気にしていないようだが、こうして亨と手を繋《つな》いだのは二回目だ。そして一回目のときは、私が刺客に襲われて二人で逃げ回っていたときだった。そのときのことを思い出したせいで、なんとなくむず痒《がゆ》い気持ちになってしまったのだ。

そんな内心を悟られたくなくて、私は先を歩いて亨の手を引いたのだ。

「ほら、早く行こう」

「お、おう」

そして私たちは売店までの数十メートルを手を繋いで歩いたのだった。


「ふ〜んふふ〜ん♪　ふんふんふん♪」

「ご機嫌だな」

私が売店で購入したジャンプラの箱を抱えながら、鼻歌で『燃えさかれジャンガル』（本日二回目）を歌っていると、亨が苦笑しながら言った。

「うむ。こうしてジャンプラも買えたしな」

「あの動くジャンガルと同じ機体っぽいけど、箱絵は全然違くないか？」

「高機動型らしいぞ。背中にバーニアが増設されてるし、ビーム砲も二連装になってる」

「ふ〜ん」

「ああ。作るのが楽しみだ。亨、もちろん手伝ってくれるよな？」

「へいへい。了解しましたよ……っと」

亨は返事をしながらスマホで時計を見ているようだ。

「もう良い時間だし、昼メシ食いに行こうぜ」

「あーうむ。そういえば腹減ったな。なにか良い店はあるだろうか？」

「せっかくだし中華街に行ってみようぜ。中華料理」

「漢土の料理か。それも良いな」

「うん。あ、プラモはこっちのリュックに入れとこう」

亨は私からプラモ箱を受け取ると、持ってきたリュックの中に入れた。どうやら一般的なHGのプラモ箱がピッタリ入る容量のリュックを持ってきたようだ。

（開港記念会館のときといい、念入りに準備したのだろうなぁ）

ただ私を楽しませたい一心で。ずっと私のことを考えて。

そう思うと……ふふっ、やっぱりむず痒くなる。

クスクスと笑っていると、亨が訝《いぶか》しげな顔で首を傾《かし》げた。

「……なんだよ、ニヤニヤして」

「いやなに、案外カワイイところがあるなぁって思っただけ」

「なっ!?　なんだよ急に」

カワイイと言われて動揺する亨。耳が赤くなっている。

「ふふっ、なんでもない。さあ行こう、旦那様」

今度は私から亨の手を取って歩き出した。


そしてやって来た中華街とやらは人通りが多く、かなり賑《にぎ》わっていた。

「すごい人の数だな。目が回りそうだ」

「そうか？　夏休みの観光地だとこれくらい普通だと思うけど」

「ここから見えてる人数だけで、我が国の総人口くらいいってそうだ」

「あ、そっか。メイユエの基準だとそうなるのか」

我が国の人口は千人くらいだからな。亨と住んでいる町も飲み屋が多いとはいえ住宅街だし、ここまで人がごった返している光景は見たことがなかったのだ。

「普通に歩くだけでぶつからないか心配になる」

「渋谷の交差点とかもっとすごいぞ」

「ニュースなどでは見たが……自分が現地に立つ様は想像できんな」

そんなことを話しながら漢土風の煌《きら》びやかな彩飾が施された門をくぐる。両脇にある建物は飲食店が詰め込まれた雑居ビルや、昔風の漢土の建物などが並んでいて異国に来た感じがする。まあ、私の場合は日本《ヤポン》自体が異国なのだが。

道脇の露店ではチャイナドレスの女性が売り子をしているところもある。

「ここだったらメイユエの普段着で来ても浮かないかもな」

亨が笑いながら言った。カレムスタンの民族衣装のことだろうか。

「うちの民族衣装と漢土のドレスは違うぞ」

「そうかな？　ズボンを脱げば似たような感じになりそうだけど」

「動いた瞬間、パンツ丸見えになるわ」（ペシッ）

亨の後頭部を軽く叩《たた》いた。叩かれた亨はそれでも笑っている。

まったく……バカなことを言うものだ。

すると亨は後頭部をさすりながら言った。

「そういえばメイユエって中国のことを独特な呼び方をするよな？　漢土だっけ？」

「中国の古い呼び名だな。うちが朝貢したのは漢からだし、草原の叙事詩『ゲセル・ハーン』に『漢土のグム王』という話があるから、我が国ではそう呼んでいる」

「グム王？　それってどんな話なんだ？」

「愛する妃《きさき》を失った漢土のグム王が、国民に泣き続けることを強要したのだ。それを迷惑に思った家臣たちによって聖主ゲセルが招かれて、グム王を手玉にとってその問題を解決するという……珍しく血腥《ちなまぐさ》くないコミカルな内容だな」

「へぇー」

「聖主ゲセルはグム王の娘ホン・ゴアと結婚し、その地で三年住む」

「……そういや内容が異世界テンプレっぽいんだっけ」

「三年住んでる間に故郷に残したアルルン・ゴア妃が十二首魔王に掠《さら》われる」

「やらかしてるじゃん！」

「ちゃんと助けに帰るぞ。ホン・ゴアは漢土に残すが」

「そこは連れ帰ってあげないの!?」

「ただ助けた後にノンビリしてたせいで、別の敵が攻め込んできて別の妃が掠われる」

「なにそのイタチごっこ！」

　驚く亨の様子に私はケラケラと笑った。亨に『ゲセル・ハーン』について語って聞かせると、大袈裟《おおげさ》にリアクションを返してくれるから面白いんだよなぁ。

　そんなことを話しながら街を歩いていると、なにやら変な文字が目に入った。

「チャーシュー……メロンパン？」

「ん？　なんだ急に？」

「いや、そこの看板に書いてあったから」

　私が指差したのは『叉焼《チャーシュー》メロンパン』と書かれた看板だった。

　遅れて看板を見た亨も、私同様に怪訝《けげん》そうな顔をしていた。

「なにそれ？　メロンパンの中にチャーシューが入ってるのか？」

「私に聞かれてもわからんぞ」

「……食べてみるか？」

「バラで食べれば間違いなく美味《おい》しそうなんだがなぁ」

ちょっと尻込みしたが、それでも好奇心に負ける形で私たちは食べてみることにした。

一個一個は私の拳骨《げんこつ》くらいの大きさだけど、食べ歩き用は最少でも三個セットのものしかないらしい。私たちはそれを購入すると、とりあえず一個ずつ手に取った。

「そ、それでは……食べてみようか」

「う、うん。いただきます」

私と亨《とおる》、同時に叉焼メロンパンとやらに齧《かじ》り付く。

（っ……これはっ）

まず始めに感じるのはメロンパン表面のクッキー生地のサクサクとした食感。

次いでふんわりとした甘みが口の中に広がる……と、思いきやすぐに中の肉餡《にくあん》の旨みが口の中に押し寄せてくる。肉まんと言うよりは豚の角煮に使うような甘塩《あまじょ》っぱいタレの味だ。なるほど、だからこその叉焼メロンパンなのだな。

サクサクで甘い表面と甘塩っぱい肉餡。それが合わさった結果は……。

「なにこれ、うまっ」

思わず目を見開いた亨の感想でわかるだろう。

「食べたことない味だけど、やたらと美味《うま》いな」

「うむ。ボーズ（草原式肉まん）と言うよりはホーショール（草原式揚《あ》げ餃子《ギョーザ》）に近い感じがするな。表面のサクサクが揚げたときのサクサクと似てる気がする」

「いや、初体験の味を未体験の料理に喩《たと》えられても困るぞ……」

「これは漢土の料理なのだろうか？」

「俺に聞かれても……」

そんなことを話しているうちに一個食べきってしまった。小さめだったからな。

「あと一個だけど、食べちゃえば？」

亨が残り一個になった叉焼メロンパンを差し出してきた。

「う～ん……食べたいのだが、このあと昼食だろう？　お腹《なか》が膨れてしまいそうで」

「んー。じゃあ半分こするか？」

「うむ。それなら良いぞ」

亨が半分にして差し出してきた叉焼メロンパンを受け取る。さらに小さくなったので一口で食べられた。亨もう半分を口の中へ放り込んでいる。

一つのものを分け合って食べる……か。うん、悪くない気分だ。

「なんかこういうの、デートっぽくて良いな」

「むぐっ」

まるで思考を読んだかのような亨の言葉に、私は一瞬むせそうになった。

「お、おい。大丈夫か？」

「ゴホッ……亨が、急に変なことを言い出すからだろう」

「そんなに変なこと言ったか？」

「急にデートだと意識させるようなこと言うから……というか、ここに来るまでも一緒に観《み》たり歩いたりしてきたのに、デートっぽいと感じなかったのか？」

「だってメイユエはジャンガルに夢中だったし。デートっぽいかって聞かれると……」

「ぐっ、否定できん」

たしかに亨のことを忘れて楽しんでしまっていたときもあったように思う。

それでも亨はなにやら満足そうに微笑《ほほえ》んでいた。

「まあ、メイユエに楽しんでもらうための企画だし、それで良いと思うぞ」

「うぅ……だが、甘やかされっぱなしは性に合わんぞ。……よし」

私はおもむろに亨の腕に自分の腕を絡ませた。

「こうやって寄り添えばデートっぽいのではないか？」

「っ……あー、うん。今日は、なんか暑いなぁ〜」

照れたのか手で顔あたりを扇《あお》ぐ仕草をする亨。私はニンマリと笑った。

「ん？　嫌なら離そうか？　旦那様」

「いえ、このままで結構です」

「フフッ、なんで急に敬語になるのだ」

満更ではない……いや、むしろ気分上々といったところか。

いまの私と同じように……なんて。

そんなことを思いながら街をぶらぶらしつつ、昼食場所を探した。

夏休みの観光地ということもあってやはり人が多く、大きな店は結構人が並んでいる様子だった。適当な店を探しても中々見つからず、いつの間にやら通りから出てしまったようだ。すると横断歩道の向こうにもいくつかの料理店があるのが見えた。

その中のこぢんまりとした店にはすぐ入れそうだ。

「ここで良い？」

「うむ。もうお腹ペコペコだ」

私と亨はその料理店の中に入ることにした。席に通されてメニューを見ると、ひととおりの漢土の料理は揃《そろ》っている様子だった。中に入ってみれば席も七割くらいは埋まっているっぽいので穴場的な店なのかもしれない。

メニューを見てどうしようかと話し合っていた私たちだったが、壁に書かれていた『牛肉まぜ麺』というのが気になったので、二人で注文することにした。字面からしてツォイワンの中華麺版みたいなものなのだろうか？

注文が終わって待っていると、店内に流れるＢＧＭが耳に入った。

（あっ、この曲は……）

「あれ？　この曲って……」

亨も気付いたのか、そう口にしていた。

「メイユエが前に弾いていた曲に似てる？」

「うむ。漢土の民謡『茉莉花《モーリーホア》』だな」

「でも、なんか違くない？　一部聞き覚えがあるメロディーもあるけど」

「ふふっ、よく憶《おぼ》えてたな。『茉莉花《モーリーホア》』にはいくつものバリエーションがあるのだ」

私は店内に流れるメロディーに合わせて、亨にだけ聞こえるような小声で歌詞を口ずさんでみる。以前、私が馬頭琴《モリンホール》で弾いていたものよりなだらかな旋律。

一番を歌い終えたあとで、私は亨のほうを見た。

「私が馬頭琴で弾いた『茉莉花《モーリーホア》』は江蘇《こうそ》民謡の古いバージョンで、歌詞に『美麗的《メイリーディ》』と入るこっちの『茉莉花《モーリーホア》』は近年よく歌われている新しめのバージョンなのだ。いまとなってはむしろこっちのほうが有名かもしれないが」

「ん？　同じ歌なのに違う歌い方があるのか？」

「ズンドコ節だって原曲とドリフと氷川《ひかわ》きよし殿では全然違う曲だろう？」

「わかりやす！ってか相変わらず知識の偏り方がすごいな!?」

まあ歌関係は記憶に残りやすいからなぁ。カレムスタンに居たころ……日本語がわからなかったころも歌番組なら楽しめるってこともあったし。

「ふ～ん……じゃあ歌詞とかも違ってたりするの？」

亨が頬杖《ほおづえ》を突きながら興味深そうに聞いてきた。

「うむ。古いほうの『茉莉花《モーリーホア》』は綺麗《きれい》なジャスミンの花が咲いているのを見た者が、摘んだら怒られるかな？　摘んだら来年咲かなくなってしまうかな？……と心配するという、なんとなく幼女っぽい雰囲気の歌詞だ。新しいほうの『茉莉花《モーリーホア》』はその花を摘んで誰かにあげたい……という、どことなく恋する乙女っぽい曲だ」

「曲の中で女の子が成長している!?」

「カバーソングとかだともっと抒情的《じょじょうてき》なバージョンもあるぞ。梁静茹《リアン・ジンルウ》殿が歌う『茉莉花《モーリーホア》』とかな。ネットリとした男女の恋愛模様が描かれていたりな」

「へぇー。じゃあメイユエが好きなのはどのバージョン?」

亨に尋ねられ、私は「う〜む」と少し考えた。そして……。

「馬頭琴で弾く分には江蘇民謡の『茉莉花《モーリーホア》』かな。流麗で起伏もあるし」

「この前弾いてたほうか」

「うむ。だが……」

私はチラッと亨の顔を見た。急に黙った私をキョトンとした顔で見ている。

そんな顔を見ていると……私の口元も自然と緩んでくる。

「最近になって、梁静茹殿の『茉莉花《モーリーホア》』の歌詞の意味がわかってきたかもしれん」

「?　それってどういう?」

「ふふっ、なんでもないよ」

いま感じたこの気持ちは、まだ恥ずかしくて伝えられそうになかった。

【なぜなに？　カレムスタン10】

ホーショール

美月「草原にはホーショールという食べ物がある」
亭「叉焼メロンパン食べたときに聞いたな。どういう食べ物なんだ？」
美月「肉やネギなどで作った餡を、小麦粉を練って平べったくしたもので包んで、油で揚げた料理だな。できたてはサクサクジューシーで美味い」
亭「聞いた感じだと餃子っぽいかと思ったんだけど？」
美月「たしかに日本人に説明するときは『揚げ餃子』だの『平べったいピロシキ』だのと言ったりするな。だが、私はもっと良い説明があると思っている」
亭「ふむ。どんな？」
美月「某有名ハンバーガーチェーンにアップルパイがあるだろう？」
亭「ああ、あの平べったくて揚げてあるヤツか。一般的なアップルパイとは別物な気がするけど、アレはアレで美味いよな」
美月「あのパイの中身を餃子の餡に変えたものがホーショールだ」
亭「わかりやすい！　そしてちゃんと美味そう」
美月「美味いぞ。今度飛文に作ってもらおう」

6, 開運部の合宿

夏休みに入ってしばらく経《た》ち、八月に突入したころ。

「う〜む……やはり二度切りというのは手間ではないか？」

俺はキッチン横の食事テーブルでメイユエのジャンプラ製作を手伝っていた。

作っているのは横浜《よこはま》で購入した『ＲＥファースト・ジャンガル高機動試験機』だ。それを説明書を見ながら、必要なパーツをランナーから切り出していく。

その際にまずは両刃ニッパーで接続部を残しながら切り出し、次に薄刃の片刃ニッパーでゲートと呼ばれる接続部分を切り落としていく、という作業が二度切りだった。これをすることで一発で切り出すよりも綺麗にパーツを切り落とすことができる。

俺はメイユエが切り出したパーツを受け取り、まだ切りが甘いものはデザインナイフで削って調整しながら溜息《ためいき》を吐《つ》いた。

「ヤスリがけしてまでゲート跡を処理する気はないんだろ？　だったらなるべく綺麗にパーツを切り出したほうが見栄えも良くなるし」

ゲート処理までやると工程が増えるからなぁ……。

擦《こす》った部分はツルツルにはなるけど擦った跡が残るから、塗装しないまでも上からつや消しなどは噴きたいところだ。だけどトップコートを噴くには擦ったときに出た粉を綺麗に落とす必要があり、そうなると一度パーツを洗ってキチンと乾燥させる必要がある。初心者のメイユエにそこまで指示すると煩《うるさ》がられそうだ。

実際、二度切りだけでもメイユエは不満そうだし。

「説明書を見ながら必要なパーツを探す、切り出し、二度切り、組み立て、またパーツを探す……の繰り返しではないか。中々しんどいぞ」

「だってまとめて切り出したら、メイユエだとどのパーツかわからなくなるだろ？」

「それはそうだが……亨《とおる》ならどこのパーツかわかるのだろう？……私のも、須玖瑠《すぐる》のように亨が組んでくれてもいいのに」

そう言って口を尖《とが》らせるメイユエに、俺は苦笑するしかなかった。

たしかに須玖瑠のときとは違い、口出しはしても手出しはあまりしていない。

「まあ一回は自分で組んでみなって。自分で作ったものはやっぱ特別だと思うし」

「う〜む……なら、私の身体《からだ》で亨が組むというのはどうだ？」

「はい？　なにを言って、うぷっ」（プシュッ）

いきなりメイユエがポケットから取り出した香水用のスプレー瓶で、中の液体を俺の顔にプシュッと吹き付けた。すると強烈に背後に引っ張られる感じがして、俺の魂が身体から引き摺《ず》り出されてしまった。まるで時計型麻酔銃で眠らされた某迷探偵のようにガックリと項垂《うなだ》れた自分の身体が見える。それはまさに……幽体離脱〜、って！

『いきなりなにすんだよ！』

「いや〜、以前の調理実習のときのように、亨の魂を私の身体に入れて代わりに作業してもらえば、私が作ったことにならないかなぁ〜って」

『そんなことのために幽体離脱させるなよ！』

冥婚を結んだまま生き返った俺とメイユエは、どちらかが百メートル以上離れるとどちらかの魂が身体から抜け出てしまうという面倒な体質になっている。そして魂状態になったほうが相手の身体の中に入ると、相手の身体を自由に動かすことができる。

その際には一つの身体に二つの魂を宿しているため、タマフリと呼ばれる状態になって身体能力などが向上するのだけど……いまは関係ない話なので置いておこう。

そして魂を抜け出させる方法は百メートル以上離れるだけではなく、飯観寺《いいかんじ》先輩の実家のお寺で湧いている霊水を浴びても、同じように魂を身体から切り離すことができる。メイユエが吹き付けたスプレー瓶の中の液体がコレだった。

俺は呆《あき》れながらメイユエを見た。

『幽体離脱は多用しないほうがいいって、先輩にも言われただろうが』

「ア、アハハ……すまない、つい」

メイユエがバツが悪そうにポリポリと頬を掻《か》いた。

まったく……。俺は抜け殻になっている自分の身体へと戻った。

「こうして手伝ってるんだから、自分で頑張りなって」

「は〜い……（パチンッ）……あっ」

メイユエが余所見《よそみ》しながらニッパーを使った瞬間、切り出されたパーツがあらぬ方向へ飛んでいった。メイユエが気まずそうにこっちを見ている。

「……こ、これも不幸体質のせいだろうか？」

「こんな地味な不幸があってたまるか。ただのうっかりだろ」

仕方ないので二人してフローリングの床に這《は》いつくばり、パーツを捜す。

「一体どのパーツをなくしたんだよ？」

「ブレードアンテナを押さえる真ん中の部分」

「よりにもよってそんな細かいのを……」

「う～ん……あっ、コレじゃないか」

テーブルの下で、二、三ミリくらいのパーツを見つけたそのときだった。

～♪～♪～♪（ブーブーブーッ）

「「うわっ!?（ゴチンッ!!）あ痛っ!!」」

テーブルの上に置いていたスマホが急に鳴りだし、驚いて立ち上がろうとして揃ってテーブルに頭をぶつけてしまった。アイタタタ……。

「こ、これは不幸体質のせいでいいのではないか？」

「俺に聞かれてもわかんないよ」

痛む頭をさすりながら立ち上がりスマホを確認する。

メッセージの送り主は愛菜《まな》だった。

愛菜：そういえば美月さんや小紅《こべに》ちゃんって水着持ってる？
愛菜：合宿が近いし、海水浴場の近くって言ってたから気になって

開運部のグループチャットにそんなメッセージが届いていた。

メイユエも自分のスマホでそのメッセージを見ていた。

「水着か……そういえば持っていないな」

「そうなのか？」

「我が国だと湖で水浴びをすることはあっても泳ぐということはしないからな。当然、水着などというものも必要ないわけだ」

「あれ、じゃあもしかしてメイユエって泳げない？」

「うむ。泳いだこともないからな」

「水泳の授業とかどうしてたんだ？」

「うちの高校は選択制だろう？　室内球技のほうを選んでいた」

ああ……そういえばバスケとかしてたっけ。メイユエとは別クラスなので、体育の時間はよく身体から魂を引っ張り出されていた。その度に幽体状態で見学していたのだけど、バスケとかサッカーをしていたような気がする。

するとメイユエはポチポチとスマホをタップした。

美月：持っていない
小紅：学校指定のものなら

メイユエが打ち込んですぐに、南雲《なぐも》さんからも返信が来ていた。すると、

愛菜：じゃあみんなで買いに行こうよ

と、愛菜が提案してきた。

「泳げないから欲しいとも思わないのだがな……」

メイユエがそう言って渋い顔をしていた。

「でも、みんなが海で遊んでるとき、自分だけ浜辺に居るのもつまらなくない？」

「それは……そうかもしれないが」

「浮き輪とか使えばいいし、泳げなくても遊べるだろ」

「……ふむ。だが、水着を買いに行くとなると亨にも付いてきてもらわないと困るぞ。百メートル以上離れられないのだからな」

あ、それもそうか。女子だけで水着を買いに行くのに付いてくのも、なんか気まずい。

するとメイユエはポチポチとメッセージを打った。

美月：私が買い物に行くためには亨にも同行してもらわねばならないが？
愛菜：あ、そうか。離れられないんだったね

事情を察した愛菜からそう返信が来た。

愛菜：でも、買いに行くのは川を越えた先のショッピングモールだし、選んでいる間、亨くんにはフードコートにでも居てもらったらどうかな？

……うん。まあそこらへんが妥当なところか。メイユエがこっちを見ている。

「……とのことなんだが、一緒に来てくれるか？」

メイユエに期待するような目で見られ、俺は肩をすくめた。

「はいはい。『了解』っと」

返事すると同時にグループチャットに『了解』と打ち込んだのだった。

そして翌日、メイユエたちは俺がフードコートで時間を潰している間に、水着を購入したらしい。出不精そうな南雲さんもスク水よりはマシだと思ったのかちゃんと来ていた。

一時間近く待たされてから合流したとき、

「フフフ。お嫁さんの水着姿、楽しみにしててね」

と、愛菜が笑いながら言っていた。メイユエの水着姿……か。

（……どんな感じになるんだろうな？）

「？　なんだ？」

じっと見ていたらメイユエに首を傾《かし》げられたので、俺は視線を逸《そ》らしたのだった。

◇　◇　◇

そして開運部合宿の前日。

「それではお嬢様。三日分の着替えを詰めておきますね」

「あーうむ。ありがとう、飛文」

私は部屋のベッドに腰掛けて、飛文がボストンバッグに荷物を詰めるのを見ていた。

それくらい自分でやったらどうかと思うかもしれないが、カレムスタンでの移動は馬《アドー》に積んで走れるくらいの軽装か、もしくはゲルごと移動するのが基本なのだ。そのため自分で背負って移動することを前提に荷物を選ぶことに慣れておらず、モタモタしていたら見かねた飛文がやってくれたというわけだ。

「お嬢様に任せると、いらない物まで詰めて大荷物になりそうですから」

しれっとした顔で苦言を呈してくる飛文。事実なので反論もできない。

「な、慣れていないのだからしょうがないだろう」

「それなら主殿《あるじどの》に相談すればよろしかったではないですか？」

「亨に頼めるわけないだろ！　下着とかだってあるのに！」

「（魂的には）夫婦なのですから気にするようなことでもないでしょう」

「気にするわ！　まだ新婚なのだぞ！」

「その返しは合っているのでしょうか？」

私にもわからん。飛文は呆れたように溜息《ためいき》を吐《つ》いた。

「あ、この前買ったという水着も入れておきますね」

「う、うむ」

この前、愛菜や小紅と買いに行った水着を手に取られ、私は身構えてしまった。愛菜に勧められるまま買ってしまった水着。可愛《かわい》いとは思っているのだが、いざ下着並みに肌が出る格好で人前に出ることを考えると……緊張してしまうのだ。

「その……変ではないだろうか？」

気になって尋ねると、飛文は首を傾げた。

「可愛い水着だと思いますが……なにか気になりますか？」

「いや、だって、まるで天竺《インド》か回教《イスラム》の踊り子のような衣装ではないか」

「水着にそんな感想を抱くのは、この国でお嬢様くらいです」

呆れたように言われ、私は手近にあった枕を抱いて顔を伏せた。

「はしたなく思われないだろうか？　その……男性目線だと……」

「……ああ、なんだ。主殿にどう見られるか気にしていたのですね」

「別に亨《とおる》のことなど言っていないだろう！」

「心配しなくても可愛いと思ってくれますよ。口に出すかは別問題ですが」

「……」

飛文はそう言ったけど……やはり可愛いと思われたいのが人情だろう。あーいや違う、亨に気に入られたいというよりは……えっと……そう沽券《こけん》だ！　わざわざ可愛い水着を選んだのになんの反応も得られなかったら、妻としての沽券に関わるからだ！

（って、私は誰に言い訳しているのだ!?）

私はコロンとベッドに転がった。

「最近……自分の感情なのにままならんことが多い」

「フフフ。恋愛とはそういうものでしょう」

「そんなことを言う飛文は経験があるのか？」

「……」（ニッコリ）

あ、これは聞いちゃダメなヤツだ。飛文のにこやかな笑顔でピンときた。私はベッドから身体《からだ》を起こすと立ち上がり、立てかけてあった馬頭琴《モリンホール》を手に取った。それを弓と共に専用のケースに丁寧にしまっていると、飛文が首を傾げた。

「？　馬頭琴も持って行くのですか？」

「あー……一応？　弾きたくなるときもあるかもしれないし」

「なるほど。暇なときの一発芸に使えそうですね」

「民族楽器を余興道具として使うのか!?」

一発芸ってなんだ。これで物ボケでもしろというのか。

からかっているのかクスクスと笑う飛文に、私はフンとそっぽを向いた。そうしてふて腐れている間にしっかりと水着はボストンバッグにしまい込まれていた。


そして翌日。待ち合わせ場所の駅前へと亨と共に向かう。

Tシャツ姿の亨も肩からボストンバッグを掛けていたが、それとは別に細長い包みを肩に担いでいる。あれは確か……木刀だったか?

「なんで木刀など持って来たのだ?」

そう尋ねると、亨はポリポリと頬を掻《か》いた。

「いや～、飯観寺《いいかんじ》先輩が企画した合宿だし……なにかしらのオカルト要素がある気がしてなぁ。一応、万が一、念には念を入れて念のために持って来たんだ」

「護身用？　不安なのは伝わるが」

「まあなにもないようならスイカ割りにでも使えばいいさ」

「古武術を習ってる者として、それでいいのか？」

そう尋ねたけど、亨はアハハと苦笑するだけだった。

「そういうメイユエだって馬頭琴を持って来てるじゃん」

「私のは……余興用だ」

「それでいいのか、遊牧民族」

「別にいいだろ、農耕民族」

そんなことを言い合いながら歩いていると、すぐに駅へと到着した。

待ち合わせ場所の駅前にはすでに、私たち以外のメンバーが揃《そろ》っていた。

「あ、二人も来たよ。おーい」

いち早く私たちに気が付いた愛菜《まな》が手を振っていた。

「おはようございますですぞ」「……（ペコリ）」

愛菜に続いて飯観寺と小紅も挨拶を（小紅は会釈のみだが）してくれる。

飯観寺はいつもの作務衣《さむえ》姿だし、愛菜はTシャツとショートパンツというイメージどおりの休日の装いだったが、小紅は麦わら帽子に白のワンピースというのが少々意外だった。いつも黒い服ばかり着ているイメージだったからな。あとでそのことを尋ねると、

「夏場にあの格好は……死ねる」

とボソッと言われた。……たしかに夏向きの装いではなかったな。

「おはよう」「おはようございます」

私と亨も挨拶を返していると、三人の後ろにもう二人立っていた。

一人は生徒会からのお目付役を自称している鬼チワワ……じゃなかった大庭《おおば》千和《ちわ》だ。と

なるともう一人は自称お目付役のお目付役を買って出てくれた先輩の……。

「志田《しだ》。なんか久しぶり」

「お久しぶりです、威堂《いどう》先輩」

その先輩と亨が挨拶を交わしていた。……なんか妙に親しげではないか？

「……亨、この人は？」

「ん？　ああ、威堂先輩だよ。俺たちの一個上の先輩で、自転車仲間でもある人」

「自転車というと……サイクリングしたときのアレか？」

「うん。威堂先輩にはメイユエの自転車の調達に協力してもらったんだ」

「そ、そうなのか」

自転車を借りたとき、返しに行ったのは男の先輩の家だったが、この先輩とやらにもお世話になっていたということか。するとその先輩が私のほうを見た。

「貴女《あなた》が美月さんね。さっき雪屋《ゆきや》さんから聞いたけど、帰国子女なんですって？」

「っ!?」

「私は威堂智風《ちかぜ》。志田とは自転車仲間よ。よろしくね」

そう言って威堂殿は私に手を差し出してきた。

「よ、よろしく」

反射的に手を取ってしまい、握手した手をブンブンと振られた。

威堂智風殿。ボーイッシュだが間違いなく美人であり、上はジャージを着ているにもかかわらずスタイルの良さが際立っている。それと私と同じ男勝りな匂いもする。

そんなことを思っていると、飯観寺が「さてと」と声を掛けてきた。

「それじゃあ全員揃ったところで、出発しましょうですぞ」


そして私たちは在来線とローカル線を乗り継いで、北東方向へと向かった。

遠出と聞いて、人生初の新幹線に乗れるのではないかと期待したのだが、

「予算も出ない合宿ですからなぁ。交通費は節約したいですぞ」

「「「うんうん」」」

飯観寺の言葉にその場に居た私以外の全員が頷《うなず》いていた。

そ、そんなに値段が変わるものなのか……と驚いていたら、亨がスマホで調べて値段の差を教えてくれた。新幹線……文字どおりの桁違いだった。

そんなわけで乗り込んだローカル線。席は通勤通学ラッシュで混雑する電車には向かないような前後の席で二人ずつ（計四人）が向かい合って座るタイプで、私と亨と愛菜と小《こ》紅《べに》、飯観寺と威堂殿と千和の二グループに分かれて座っていた。

「……馬《アドー》で移動できればただなのだがなぁ」

外を流れる景色を見ながら私は、新幹線の値段を思い出してそう呟《つぶや》いた。

すると隣に座った亨がなに言ってんだという顔をして言った。

「この中で乗れるのってメイユエだけだろ。っていうか馬で公道走れるのか？」

「あ、走れるって聞いたことあるよ。軽車両扱いだけど免許もいらないんだって」

目の前に座った愛菜が口を挟んできた。

「でも宿屋に馬を受け入れるところなんてあるのかな？」

「ないと困るな。馬《アドー》は賢い。繋《つな》いでいないと勝手に家に帰ってくるからな」

「帰りの交通手段がなくなるじゃん」

「……アンタたち、なんでそんな変な話題で盛り上がってるのよ」

三人で話していると、通路反対側のボックス席で威堂殿が呆《あき》れた顔をしていた。そういえば威堂殿と鬼チワワは私が遊牧国家出身だということを知らなかったか。亨が威堂殿にもそこらへんの事情を（冥婚などは一部ぼかしつつ）説明していた。

「お父さんは海外の人なのね。見た目じゃ全然わからなかったわ」

威堂殿の感想を聞き、私は頷いた。

「カレムスタン人も日本人もモンゴロイドだからな。アラビアの商人の血が混じった趙《チャオ》家などはともかく、大抵の氏族は日本人と見分けがつかないだろう」

「でも、家で着ているような民族衣装だと異国人って感じは出るよな」

亨にそう言われて私は「そうだろうか？」と首を傾《かし》げた。

「服を着ても顔かたちは変わらないぞ？」

「う～ん……着こなしてる感じっていうのかな。随分と自然に見えるんだ」

「まあ、こんなシャツよりは長いこと着てきた衣服だしな」

電車で移動ということもあって、今日は民族衣装は着て来ていない。向こうに着いたら着られるように着替えとして持っていくことも考えたが、手で持っていく分の荷物としてはかさばってしまうので断念した。……やはり馬《アドー》がほしいところだ。

私たちがそんなことを話している横では千和が小紅を睨《にら》んでいた。

「南雲《なぐも》さん！　私が居るからには不健全なことは許さないんだからね！」

「……不健全って具体的には？」

「オバケとか呪いとかの類いよ！」

「チワワ、まだそっち系が怖いんだ」

「誰のせいだと思ってるのよ！　元はと言えばアンタが……」

「こらこら、ここは電車の中よ？　大きい声を出さないの」

「うぐっ……わかりました」

威堂殿に窘《たしな》められて、千和はシュンと項垂《うなだ》れていた。千和のあだ名のせいで、あの二人は飼い主と飼い犬のように見えてくるな。そんな千和は小紅と似たデザインのワンピースを着ている。オカルト以外の趣味は似通っているのかもしれん。

「あ、美月さん、見て！」

急に愛菜が声を張ったのでそっちを向くと……。

「っ!?」

車窓の向こうに〝大量の水〟がある景色が広がっていた。

まるで世界のすべてを呑《の》み込んでしまうのではないかと、心配になるほどの圧倒的な水量。夏の日差しを受けてキラキラ輝いているにもかかわらず、私がまず感じたのは得も言われぬ恐怖だった。見続けているとちょっと不安になる。

「なんという……デカい湖なのだ」

「いや、だからコレが海なんだって」

私の呟きに亨《とおる》が呆れたように言った。

これが……海。そうか、これが海なのか。

横浜《よこはま》で見たときは対岸が見えていたので大きな川のようにしか見えなかったが、見える彼方《かなた》までですべて水という景色を目の当たりにすると戦慄する。知識としては知っていても、実際に見たら圧倒されてしまった。

もしあの水が溢《あふ》れたら……と、ついつい考えてしまう。

「おいおい。大丈夫か？」

しばらく固まっていた私を心配したのか、亨が声を掛けてきた。

その声で我に返った私はコクコクと頷く。

「ああ。大丈夫だ、問題ない」

「それは大丈夫じゃないヤツの台詞《せりふ》だぞ？」

「？　なんのことだ？」

「ああ、このネタは伝わらないのか……」

亨は「メイユエって中途半端に日本文化を知ってるせいで、伝わる・伝わらないのラインがよくわからないんだよなぁ……」とかブツブツ言っていた。なんなのだ？

すると亨は気を取り直したようにこっちを見た。

「で、どうなのさ。大海原を見た感想は？」

「……これまで見たことない景色に、一瞬脳が思考を放棄したぞ」

私は腕組みしながら唸《うな》るように言った。

「これが根源的な恐怖というものなのかもしれん」

「そこまでなのか？」

「地平線は見たことあるが、水平線は初めて見たのだからな。仕方あるまい」

「フフッ、日本だとそっちのほうが珍しそうだけどね。北海道《ほっかいどう》くらい？」

愛菜がのほほんとした様子で口を挟んできた。

「この景色を見ると、去年行った鎌倉《かまくら》を思い出すわね」

「ああ、江ノ電《えのでん》からの景色に似てますなぁ」

威堂殿と飯観寺《いいかんじ》もそんなことを話している。小紅と千和にいたっては海そっちのけで、また言い合い（千和が一方的にまくし立て、それを小紅が適当にあしらっているだけだが）を始めていた。海を見てたじろいでいるのは私だけのようだ。

（それだけ日本人にとって海は馴染《なじ》み深いということか）

普段は海から遠い場所で生活しているから感じにくいけど、ここが島国なのだとあらためて実感した。私はチラッと隣に座る亨を見た。

「？　どうかしたか？」

私の視線に気付いた亨が首を傾げている。

私は「なんでもない」と言って、プイッとそっぽを向く。

(この島国に住む男のもとに、私は嫁いできたのだなぁ)

……なんて、そんなことを考えていたことなど言えるはずもなかった。

◇◇◇

電車を乗り継ぎ、俺たちが辿《たど》り着いたのは海と山に挟まれた町だった。

かろうじて電子マネー対応の機械だけは置いてある無人の駅から外に出ると、夏の眩《まぶ》しい日差しと、土と潮の匂いが入り交じった空気が出迎える。駅前には店舗もなく、バスの停留所があるのみで、ザ・田舎の駅といった感じだ。

「宿まで少しだけ歩きますぞ。こっちです」

飯観寺先輩がみんなを先導して歩き出した。俺たちもそのあとに付いて行くと、不意にメイユエがスンスンと匂いを嗅ぐ仕草をした。

「？　どうかしたのか？」

「……潮の匂いに混じって家畜の匂いがする」

「お、目敏《めざと》い……いやこの場合は鼻敏いですかな？」

飯観寺先輩が振り返りながら言った。

「山のほうに牧場があるのです。結構な数の乳牛を飼育していますぞ。あの牧場の搾りたての牛乳や乳製品がこの町の名物になっているのだとか」

「牛《ウフル》をか？　ウルムやアーロールでも作ってるのか？」

「いや、草原用語で言われてもわからないってば」

キョトンとした顔のメイユエに俺がツッコミを入れていると、

「本当に帰国子女だったのね……」

威堂先輩が少し感心したように言った。まあいつもの衣装を着ていないメイユエだと遊牧民族感はないよな。二分の一はカレムスタン人でもモンゴロイドなのは一緒だし。

すると飯観寺先輩はここから見える山を指差した。

「ちょうどあの山の中腹あたりですな。一時期はノンビリ草を食べる牛の向こうに海が見える牧場ということで、映えスポットにもなっていたようですぞ」

「あーそういえば牧場にありそうなレンガの建物があるね。あれなんだっけ？」

「……あれはサイロ」

愛菜《まな》の疑問に南雲さんが答えていた。

「刈った草を入れておいて保存の利く発酵飼料にするための場所。上からドンドン草を入れていって重さで固めるんだけど、高所作業になるから危ないし、発酵に失敗して有毒ガスが発生する危険があるから最近は使われなくなったらしい」

「へー。詳しいね」

「……お祖父《じい》ちゃんが昔、牧場で働いていたらしいから」

あー、あのカレムスタンから帰化したっていうお祖父さんか。実は南雲さんってこう見えてカレム系日本人の三世なんだよなぁ。

「ん？　じゃあなんでサイロがあるの？」

「牧場ってわかりやすいからじゃない？　ほら映えスポットって言ってたし」

愛菜が小首を傾げていると、威堂《いどう》先輩がそう推測した。うん、当たってそう。

すると飯観寺先輩がカラカラと笑った。

「海で泳ぐのに飽きたら見学してみるのもいいと思いますぞ」

牧場見学か……それもいいかも。メイユエも興味ありそうだし。

そんなことを話しながら歩き続けて、辿り着いたのは海辺の旅館だった。その旅館の外装を見た俺は、思わず目を疑った。その旅館は瓦屋根が載った白い塀に囲まれ、立派な門があり、その向こうに趣深い庭園と三階建ての母屋が見える。

まさにザ・老舗旅館といった佇《たたず》まいで、あのタイトルに神隠しが付くアニメ映画の湯屋のモデルと言われても信じられそうな外観をしている。

「あれ、想像してたのと違う」

愛菜が同じく目を見開きながら言った。

おそらく飯観寺先輩の手配だからと幽霊旅館みたいなのを想像していたのだろう。

「この旅館、一泊数万円はしそうなんだけど……」

「えっ、旅費は交通費込みで二万円って聞いてたんですけど!?」

威堂先輩が呟《つぶや》いた言葉に、大庭《おおば》さんが驚いていた。うん、俺も驚いてる。

行き帰りの交通費だけでも一万円近くしちゃうから、この宿で二泊する費用は一万円……つまり一泊五千円ってことになる。ロードバイクのロングライドを計画してビジネスホテルの宿泊費を調べたことがあるけど、五千円だとビジネスホテルでさえ安い部類だ。そんな値段でこんな老舗っぽい宿に泊まれるなど、本来ならありえない。

「これって先輩の家柄と家業、どっちのおかげなんだろう?」

「……後者じゃないことを祈りたい」

ボソッと呟いた愛菜の言葉に、俺はそう答えた。

だって家業のおかげなのだとしたら、それは学生七人をこんな格安で泊まらせてでも飯観寺先輩に解決してほしいことがあるってことだ。

うん、厄介事の気配しかしない。

「さあさあ、中へと入りますぞ」

そんな俺たちの心中などお構いなしに、飯観寺先輩は宿へと入っていった。

俺たちもそのあとを付いて行く。

宿の中へと入ると……うわぁ、内装も豪華だ。

靴を脱ぐところ（三和土《たたき》だっけ？）も広々としていて、正面にはなんて書いてあるのか読めない掛け軸と、多分流木を磨いたであろう琥珀《こはく》色の置物があった。

するとそこへ、着物姿のいかにも女将《おかみ》さんという見た目の女性が現れた。

「これはこれは飯観寺様。ようこそおいでくださいました」

「この度はご厄介になりますです」

丁寧な挨拶をする女将さんに、飯観寺先輩は慣れた様子で答えた。

「この度は部活仲間の合宿場所を提供してくださり、ありがとうございますですぞ」

「いいえ〜、飯観寺様に来ていただけてありがたいかぎりです。観光協会長さんも〝例の件〟の早期解決を期待され、丁重におもてなしするよう仰せつかっております」

例の件とか言ってるよ！　もう裏があること確定じゃん！

飯観寺先輩に問い詰めようとした矢先、女将さんが深々と頭を下げた。

「それでは飯観寺様は宿泊台帳への記入をお願いします。皆様は中庭がよく見えるあちらの長椅子でお待ちください」

「ちょっと行ってきますですぞ」

飯観寺先輩は女将さんと一緒に受付に向かってしまった。

俺たちは仕方ないので女将さんに促されたとおり、中庭がよく見える場所にある長椅子に座って待つ。時代劇のお団子屋の軒先にありそうな席だ。

中庭の真ん中には錦鯉《にしきごい》の泳ぐ池があり、枯山水やら手入れの行き届いた樹木に囲まれている。本当にこの長椅子は中庭を眺めるために設置されているようだ。

「……どう考えても高級宿だわ」

そんな中庭を見て、威堂先輩が呟いた。

「安易に同行するって言ったこと、いますっごく後悔している。飯観寺や宿の人たちの負担になってないといいんだけど……」

「ご、ごめんなさい先輩！　私が見張りたいって言ったばかりに」

根が真面目な威堂先輩が反省モードになると、大庭さんが慌てていた。

このままだと気の毒なのでフォローを入れておくか。

「だ、大丈夫だと思いますよ。観光協会の口利きも入ってそうですし」

「それも不思議よね。なんでこんなに歓迎されてるの？」

「飯観寺先輩の実家の……仕事関係だと思いますよ」

「檀家《だんか》さんってこと？　なら良いんだけど……」

威堂先輩とそんなことを話していたときだった。

さっきまで飯観寺先輩と話していた女将さんが、なにやらお盆を持ってやって来た。そのお盆の上に載っていたのは……牛乳瓶？

女将さんはそのお盆を長椅子の端に置いた。

「皆さん、ウェルカムドリンクをどうぞー」

「わあ！　ありがとうございます」

愛菜が笑顔でお礼を言うと、女将さんは柔らかく微笑《ほほえ》んだ。

「本当なら地酒をお出ししているのですが、皆さん、未成年ですからね。近くの牧場で作っている飲むヨーグルトです」

「おお、ヨーグルト《タラク》か。それはいい」

メイユエがさっそく一本を手に取っていた。

「……これ、どう開ければいいのだ？」

牛乳瓶の蓋の開け方がわからなかったらしい。

「いまだと給食の牛乳も紙パックとストローみたいだからねー」

「私の小学校は……まだ瓶だった」

愛菜と南雲《なぐも》さんがそんなことを話していた。

爪で端っこを擦《こす》って開けても良いんだけど、お盆の中にピンの付いた蓋開けの道具があったので、それで蓋を取ってからメイユエに渡す。

「ほれ」

「どうも……ん、美味《アムトウタエ》いな。やや甘すぎる気もするが、悪くない」

「甘すぎる？」

「我が国のヨーグルト《タラク》は酸味が強いし、スッキリしている」

「へー」

「フフフ。お気に召したのでしたら、浴場入り口の前にあるドリンク用の冷蔵庫にもありますので、お風呂上がりなどにお召し上がりくださいませ。あ、飲み終わった瓶はそのお盆に置いておいてください。それでは、失礼します」

そう言うと女将さんは一礼して去っていった。ホント至れり尽くせりだな。

と、そこで飯観寺《いいかんじ》先輩が戻ってきた。

「ただいまですぞ。部屋割りですが、我が輩と志田《しだ》くんが二人部屋、女子チームは五人で家族用の大部屋ということになりましたが、よろしいですかな？」

「本来ならお邪魔してる私たちが二人部屋に行くべきなんでしょうけど……」

「だ、だからって男女同室とか認められませんよ！」

威堂先輩と大庭さんが口々に言った。一方で、

「家族って言うなら亨《とおる》くんと美月さんは一緒でもいいんじゃない？」

「……同じ志田姓」

愛菜と南雲さんはそんなことを言っていた。

いやメイユエが志田美月を名乗ってるのは飛文の悪ノリだから。すると愛菜は俺とメイユエのそばにこそっと近づくと、小声で囁《ささや》いた。

(「でも、これって二人にとっては新婚旅行なんじゃないの～？」)

(「「　ぬなっ!?　」」)

愛菜にニヤニヤ顔で言われて、俺とメイユエは目を丸くした。

（「フフフ、新婚さんだし、二人でしっぽりと甘い時間を……アイタッ」）

（「同級生連れて新婚旅行に行くバカが居るか！」）

メイユエが愛菜にデコピンをして黙らせていた。

……まったく、不意にドキッとするようなことをぶっ込まないでほしい。

結局、風紀と合理的な判断により、男女で別の部屋ということに落ち着いた。

◇　◇　◇

「うわっ！　ひっろーい！」

亨や飯観寺と分かれ、私たち女子組は割り当てられた三階の大部屋へとやって来たのだが、部屋に入って中の様子を見るなり、愛菜が興奮気味に駆け出した。

部屋はほとんどが畳の和室で、六人以上が寝られそうな広さがあった。

「良い部屋よね……やっぱりお高そう」

「先輩！　こっちに檜《ひのき》の浴室がありますよ！」

「……お風呂とトイレが分かれてる。ありがたい」

威堂殿、チワワ、小紅《こべに》もそれぞれそんな感想を漏らしていた。皆、予想外の良い部屋っぷりに驚いているようだった。ちなみに私は日本《ヤポン》の宿の基準を知らないので、小さなゲルくらいは入りそうな広さだなーとしか思わなかった。

ちなみにこの中で一番浮かれていたのは愛菜《まな》だった。

「ザ・旅館って感じがスゴい！」

そう言いながら、愛菜は窓際の、そこだけ畳張りではなくフローリングになっている部分へと足を踏み入れ、そこにあった植物を編んで作られているだろう背の低い椅子（籐椅子《とういす》）に腰を下ろした。

「とくにココ好き！　文豪がなにか書いてそうな場所！」

「そこは広縁《ひろえん》」

テンションの高い愛菜に、小紅がボソッと伝えた。

「差し込む日差しで畳が焼けないように、用意されている空間」

「そうなんだ！　小紅ちゃん物知り〜」

「……そんなことは」

「ほら、千和《ちわ》ちゃんもおいでー」

「お、お邪魔するです」

チワワは促されるままに愛菜の向かいに腰を下ろす。よほど椅子の座り心地が良かったのか、一瞬で「はふ〜」と気の抜けた表情になっていた。

そんな千和の様子を愛菜はニコニコ顔で眺めている。

「あの子、ホントにコミュ力高いわね。華音《かのん》みたいだわ」

威堂殿がそう呟いた。かのん？　誰だろうか？

「っていうか、この部屋、景色もめっちゃ良いよねー」

愛菜が窓の外を見ながら言った。

ここは三階ということもあってか、庭園や塀などに邪魔されることなく、どこまでも広がる海原を見ることができた。

「まさにオーシャンビューって感じ？」

「私はちょっと怖いのだがな。その海の広さが」

私がそう言うと、愛菜は「あっ」という表情をした。

「あー、電車内でも言ってたね。じゃあ障子閉めといたほうがいい？」

「いや気にしなくていい。むしろ慣れていきたいからな」

「そっか……じゃあいっぱい遊ばないとね」

そんなことを話しながら私たちはまずは持って来た荷物を片付けていった。

◇　◇　◇

――一方そのころ。

メイユエたちと分かれた俺と飯観寺先輩は二階にある二人部屋へと到着した。

二人部屋という割りには四人は余裕で寝られそうな立派な部屋を見て、俺の疑惑は確信へと変わった。

「それで先輩。どういうカラクリがあれば、こんな立派な宿に一万ちょっとで二泊できるんです？　絶対、なにか裏があるんでしょう？」

荷物を片付けながら尋ねると、飯観寺先輩はカッカッカと笑った。

「そうですな。たしかに家業にまつわることで相談を受けておりますぞ」

「やっぱり……」

「ですが、気にする必要はありません。そっちのことは我が輩に任せ、亨くんたちは気にせず楽しんでくれればいいのです」

「いや、でも……」

「我が輩の本心として、来てくれたみんなには楽しんでほしいのですぞ」

飯観寺先輩はニッコリと笑いながら言った。

「我が輩はこんな感じですからなぁ。これまで友と呼べる人は少なかったのです。まあ去年の遠足くらいからは何人か親しくしてくれる人もできましたが、開運部を作ってからは南雲くんを始めに後輩たちができたのです。いまこの場に集いし友垣の縁を大事にするためにも、みんなには余計な心配を掛けたくはないのです」

うっ……そう言われてしまうと反論しづらい。

俺たちは裏事情を気にしなくて良い、というのは飯観寺先輩の厚意だ。それなのに無理に関わろうとすると、そんな厚意を無下にしてしまうことになる。

とはいえ、飯観寺先輩に任せっきりにするのもスッキリしない。

「……わかりました。でも、助けが必要なときは言ってください。幽霊関係なら俺とメイユエのタマフリが役に立つと思いますから」

せめてもの気持ちでそう言うと、飯観寺先輩は笑顔で頷《うなず》いた。

「ええ。そのときは頼りにさせてもらいますぞ」

そんなことを話していると、メッセージアプリの通知が来た。

スマホを取り出して見ると……愛菜からだ。なになに……。

「先輩。女子チームから『さっそく海に行こう』ってメッセージが」

「おっ、そうですか。なら、志田くんは行くといいですぞ」

「先輩は行かないんですか？」

「少し女将《おかみ》さんから話を聞いておきたいことがありましてなぁ」

それって……聞き込みってことだろうか？

「……女子五人に男一人で交ざるのは肩身が狭いんですけど」

「もちろん、話を聞き終えたら合流するつもりですぞ」

「それならまぁ……なるべく早く来てくださいね？」

「カッカッカ！　了解しましたぞ」

飯観寺先輩は笑顔でドンと胸を叩《たた》いた。とりあえず海へ行く準備をしていたところ、飯観寺先輩が「あ、そうです」と切り出した。

「志田くん。一つだけ注意してほしいことがありましてな」

「？　なんですか？」

「海岸線を北に行ったところに、ゴツゴツした岩場と崖があるのです。〝とても危険なので〟近づかないよう、皆にも言っておいてほしいのです。一応、これからグループチャットにも書き込んでおきますが、絶対に近づいてはなりませんぞ」

飯観寺先輩は普段の軽い感じではなく、真面目な顔で言った。

普段と違う雰囲気に俺は思わず息を呑《の》む。

「わかりましたけど……その危険っていうのは物理的なものですか？　それとも」

「近づかなければなんの問題もありませんぞ」

飯観寺先輩は笑顔だったが、これ以上の質問は拒否しているような感じだ。

そこになにかあること確定じゃないか……。

7，メイユエ、初めての海水浴

『こっちまだ時間かかりそう。ゴメンだけど、先に準備しといてくれるかな』

愛菜からそんなメッセージが届き、俺は一足先に海へと来ていた。

宿のすぐ前が海ということもあり、水着への着替えは宿泊する部屋ですることになっていた。海パン一枚穿《は》けばいい男と違って女子は時間がかかるようだ。

（宿から百メートル離れてない場所で良かった）

もし浜辺が遠かったら俺かメイユエの魂が引き摺《ず》り出されていただろう。

さて……俺はサーフパンツ風の海パンの上にシャツを羽織って浜辺に着くと、用意していたレジャーシートを敷き、宿で借りられたビーチパラソルを二基設置する。荷物は宿に置いておけるので、これだけで準備が終わってしまった。

（ビーチチェアとかも借りとけば良かったかな？）

宿で借りられたのだけど、一人で持って行くのは大変なのでパラソルだけ借りたのだ。こんなにアッサリと準備が終わるなら借りてきてもよかったかもしれない。

そんなことを思いながらパラソルの下、シートに腰を下ろしてメイユエたちが来るのを待つ。ボンヤリと日差しに輝く海を眺めていたところ……。

（……あれ？）

目の前の光景にふと違和感を覚えた。

照りつける夏の日差し。サラサラな砂浜。穏やかに寄せて返す波。

そんな「これぞ海！」というような光景が広がっているにもかかわらず、人が少ないのだ。見回してみても砂遊びをしている家族や、小船で作業している漁師さんくらいしか居ない。つまるところ〝地元〟って感じの人しか居ないのだ。

こんなよく整備された海水浴場なのに、サーファーも、出会い目当てのナンパな男どもも、夏の雰囲気に『うぇーい♪』と浮かれるチャラいパーティーピーポー（※個人の偏見です）も居ない。そのうえライフセーバーの詰め所も無人だった。

夏休みという絶好の行楽シーズンにこの人気《ひとけ》のなさはおかしい。

（そういえば……宿も俺たち以外の宿泊客を見てないな）

あんな立派な旅館が夏のかき入れ時に閑散としているなんて妙だ。

人気の少ない浜辺。閑散とした旅館。

そこから導き出される解答は……。

（観光客が居ない？）

浜辺や宿だけでなく〝この町に〟観光客が居ないのではないだろうか？

もしかしたら飯観寺《いいかんじ》先輩が呼ばれた理由も……。

そんなことを思案していたときだった。

「お待たせー♪」

「……足が速い」

そんな元気な声が聞こえて振り返ると、南雲《なぐも》さんの手を引いた愛菜がブンブンと手を振っていた。その後ろには威堂《いどう》先輩や大庭《おおば》さんの姿も見える。

「悪いねー。準備全部やってもらっちゃって」

「別に。これくらいは構わないけど」

「お礼に私たちの水着姿を凝視する権利をあげよう」

そう言うと愛菜は頭と腰に手を当てて「あっはん」とポーズをとった。

愛菜はワンピースタイプの水着の上からTシャツを着て、そのTシャツの裾を腰のあたりで結んでタイトな感じにしていた。

愛菜は男女問わず人気があるクラスのアイドルなのだけど、スレンダー体形であり、セクシーなポーズをとったところで、スポーツ飲料のCMに出る清純派アイドルみたいな爽やかさがあって、決してエロい感じにはならなかった。

また南雲さんも愛菜と同じくワンピース水着だけど、大きなタオルをストールのように羽織って身体《からだ》を隠している。その格好は低めの伸長や凹凸少なめの体形もあいまって、小学生の水泳の授業を思い出してしまい、逆に見るのが躊躇《ためら》われた。

まあ二人とも可愛《かわい》い見た目だし、普通ならドキドキさせられたかもしれない。

しかし、愛菜は見落としていることがある。

「もしもし愛菜さんや」

「なんだい亨《とおる》くん」

「ちょっと後ろを見てみ?」

「後ろ?」

愛菜《まな》が後ろを振り返ると、そこに居たのは……。

「Ｏｈ、Ｄｙｎａｍｉｔｅ」

「なんで英語!?」

愛菜が一瞬日本語を忘れるほど、ダイナマイトなプロポーションの威堂先輩が居た。

大庭さんを従えながら、威堂先輩は周囲を見回していた。

「あれ? 思っていたよりビーチに人が少ないわね。というか全然居ない?」

「良いことです。ナンパ野郎に気を回さなくていいんですから」

ビキニの上からTシャツを羽織っているにもかかわらず、威堂先輩の胸部装甲は圧倒的だった。Tシャツの柄が歪《ゆが》むほど自己主張の強いバストだけど、ロードバイクなどのスポーツをやっているためか、足や腰回りは引き締まっている。

また威堂先輩ほどはさすがにないものの、大庭さんもメリハリのあるボディラインをしていた。ビキニですでに膨らませた浮き輪を装備している。

胸のサイズはごく平均的だと思うのだけど、南雲さんくらい小柄なこともあって、実数値以上のサイズに見えた。

愛菜は威堂先輩と自分のものを見比べて……「orz」みたいな体勢になった。

「なにあれ。H《ヒップ》とB《バスト》に努力値を全振りにしたツンデツンデって感じ？　アレに比べたら私の耐久力なんてズガドーンだよ」

「ポケモン!?　しかも第七世代かよ。めっちゃわかりにくいのに、わかる人にはなんとなくわかってしまう絶妙な喩《たと》え方やめぇや」

「ジャンガルで言うならチョバムアーマー？」

「あれは全体的に太った印象に……ってか、ジャンガル知ってるのか？」

「美月さんに布教されたから」

そんなバカ話をしていると、愛菜はハッとした表情で顔を上げた。

「って、私の紙耐久はどうでもいいんだよ！」

「そんな自虐的にならなくても、愛菜は十分魅力的だと思うぞ。クラスの男どもが愛菜と海水浴に行ったと聞いたら、血の涙を流して悔しがるだろうし」

「わ、私を口説いてどうするの！　亨くんが口説くべきはあっちでしょ！」

いや、口説いてるわけじゃないけど……と、思いながら愛菜の指差すほうを見ると、威堂先輩の陰に隠れるようにしてメイユエが居た。

姿が見えないと思ったら陰に隠れてたのか。

「なにしてるんだ、メイユ……エ」

「………」

メイユエに声を掛けようとして、俺は彼女の姿に目を奪われた。

いまのメイユエは麦わら帽子を被《かぶ》り、暖色系のビキニにパレオを巻いているバカンススタイルだった。滑らかだけど少し汗ばんだ肌はツヤツヤと輝き、出るとこはしっかり出ている女の子らしい体形でありながら、馬を乗り回していたためかお腹《なか》や太腿《ふともも》に無駄なお肉が付いていない。完成された均整美と言っていいスタイルだ。

思えばメイユエは民族衣装をしっかりと着固めているタイプだし、出会ってすぐのころに着替え現場に遭遇したハプニングを除けば、ここまで露出度の高い格好を見たのは初めてかもしれない。ヤバい……目が離せない。

「っ！……そんなにジロジロ見るな」

「わ、悪いっ」

メイユエが腕で身体を隠したので、俺は我に返って視線を逸《そ》らした。

メイユエって不器用で強情っ張りだけど……やっぱり可愛いんだよな。水着姿を見ただけで一瞬、理性がふっ飛ぶほどに。

すると愛菜がメイユエの背後に回って、両肩にポンと手を置いた。

「隠すなんてもったいないよ、美月さん。あんなに悩んで選んだ水着でしょ」

「それは……そうだが……」

「亨くんに見てもらうために」

「それは否定するぞ！」

「で、どうなの亨くん。お嫁さんの水着姿を見た感想は？」

愛菜にニヤニヤ顔で聞かれる。無視してやろうかとも思ったのだけど、メイユエが気にするような素振りでこっちを見ていた。……はあ～。

「その……綺麗《きれい》だし、似合ってる……と思う」

「お、おお。その、ありがとう」

二人して顔を赤くする俺とメイユエ。愛菜は満足そうに笑っていた。

「っていうか、亨くんも良い身体してるよね。筋肉質っていうか。さすがにボディビル大会に出られるほどじゃないけど、フィジークなら目指せそう」

フィジークって細マッチョな大会だっけ？　興味ないな。

「亨は武道をやっているからな」

なぜかメイユエが胸を張りながら言った。

「いや、なんでメイユエが自慢げなんだよ」

「奥さんとしては旦那様のことを自慢したいんじゃない？」

「ち、違うぞ！　これは……愛菜に対して知識マウントを取りたいだけだ！」

「私が一番亨くんのことを理解してるって？」

「なああ！」

メイユエってば愛菜にいいようにイジられてるなぁ。根が真面目だから愛菜のからかいに真《ま》っ直《す》ぐに応えてしまい、その反応を面白がられているのだろう。

「フフフフ……アタッ」

「いい加減、からかうのはやめろって」

俺は笑っている愛菜の頭を軽くチョップした。

愛菜は叩《たた》かれた箇所を摩《さす》りながらヘラヘラと笑っていた。

「えへへ、（美月さんの）旦那様に怒られちゃった」

「ったく、バカ言ってないでいい加減泳ぎに行こうぜ」

「そうだね。上着は……ここに置いとけばいっか」

愛菜は着ていたパーカーをバサッと脱ぐと、それをレジャーシートにほっぽった。

それを見て、南雲さんや威堂先輩もタオルやTシャツを脱ぎ出す。

気付けば周囲を水着女子に囲まれていた。

う～む……肩身が狭い。飯観寺先輩、早く来てくれないかな。

この状況、視線のやり場に困ってしまう。

ちなみに順番を付けるなら【威堂先輩＞メイユエ＞大庭さん＞愛菜＞南雲さん】かな。

……なんの順番なのかは口が裂けても言えないけど。

「なにか変なことを考えてるんじゃないだろうな？」

「いえっ、なにも！」

メイユエにジト目で見られて、俺は背筋を伸ばして答えた。

すると威堂先輩がパンパンと手を叩いた。

「さてと。せっかく海に来たんだし、話してばかりいないで泳ぎに行きましょう。ところで志田《しだ》、飯観寺は？」

「ああ、飯観寺先輩なら用事を済ませてから来るみたいです。あー、あと北の岩場に近づかないようにと言ってました」

「岩場ね。わかったわ。じゃあ先に海を満喫させてもらいましょうか。見たところ人も少ないみたいだし、荷物番もいらないでしょ」

「……私は荷物番でいいんだけど」

南雲さんはパラソルの下にこもろうとしていたけど、大庭さんに腕を掴《つか》まれた。

「いいわけないでしょ。集団行動を乱さないで」

「……学校行事ってわけじゃないし」

「まあまあ千和《ちわ》ちゃんは小紅《こべに》ちゃんとも楽しみたいんだよ。もちろん、私もね」

そう言いながら大庭さんとは逆の手を愛菜が掴んだ。

そして南雲さんは「あ～れ～」と言いながら、二人に手を引かれて波打ち際へと運ばれていった。なんとなく連行される宇宙人の写真を思い出すなぁ。

俺、メイユエ、威堂先輩も三人のあとを追って海へと向かう。

「これが海の波……か」

波打ち際に立ったメイユエが呟《つぶや》いた。

「？　海以外に波があるのか？」

「デカい川や湖でも波は立つだろう」

「ああ、なるほど」

するると一際大きな波が崩れ、水がメイユエの足下まで届いた。

「ひゃわっ!?」

……なんか可愛い声が聞こえたな。

視線を向けると、俺が見ていることに気付いたメイユエは頬を染めていた。

「いや、その……足の下の砂を持って行かれる感触がこそばゆくてな」

「ああ、うん」

「ホントだぞ！　嘘《うそ》じゃないからな！」

「わかったって。なにムキになってるんだよ」

自分でも変な声を出したのが恥ずかしかったのだろうか。

突っついても怒らせるだけだろうからスルーしつつ、俺はメイユエが海に慣れるまでそばで見守っていた。足に波がかかる度にビクッとしていたメイユエだけど、徐々に慣れてきたのか、膝まで、腿まで、腰までと海に入っていく。

「た、淡水とは肌触りが違うな。不思議な感じだ。それと波が来る度にフワフワと身体が浮く感じも……なんとも奇妙だ」

（へぇ……そういう感想を持つのか）

俺の周りだと子供のころに一度くらいは海に行ったことがあるヤツらばかりだから、海ってこういうものだという固定観念みたいなものを自然と持っている。だから十五歳を越えた人の口から、海初体験の感想を聞くのは新鮮だ。

「本当に初めてなんだな」

「だからそうだと言っているだろう……って、あぶっ!?」

ちょうどそのとき一際大きな波がやって来て、俺たちの身体《からだ》を大きく持ち上げたと思ったら、ぐんっと下降した。その際、メイユエの顔に潮水がかかったようだ。

「ぺっ、ぺっ……なんだ!?　塩《しょ》っぱいじゃないか！」

「おっ、良かったじゃないか。海が塩っぱいって確かめられて」

「う～ん……まあ、これだけ塩があるのは羨ましいな。カレムスタンだと塩分は岩塩と交易品に頼っているからなぁ。放牧にも使うのに」

「放牧？」

「塩分補給が必要なのは人も家畜も変わらん。むしろ家畜たちは縄で繋《つな》がなくとも、塩壺《しおつぼ》を持っている人に付いて行ったりするぞ。塩を舐《な》めたくて」

「へぇ～」

カレムスタンの家畜は「塩が足らんのです」状態なわけか。いや、別にあのコック長は塩中毒というわけじゃないけど……。

「それで、泳げないって話だけどどうする？　泳ぎの練習とかしてみるか？」

「う～む……練習するならプールとかのほうがいいな」

「そうか？　海水のが浮きやすいって言うぞ」

「溺れたときに海水を飲むのは辛《つら》すぎる」

「なるほど……それじゃあどうしようか？」

「ふっふっふ。そんなときはこれだよお二人さん！」

急に割り込んできた愛菜《まな》が、ニカッと笑って大きな浮き輪を掲げてみせた。

「千和ちゃんに借りてきたんだぁ。これがあれば美月さんが溺れる心配はナッシング！

美月さんはプカプカ浮いているだけでOKだし、亨《とおる》くんに引っ張ってもらえば泳げない美月さんも海を楽しめるんじゃない？」

テンション高いなぁ……。メイユエは頬に手を当てて考えていた。

「ふむ。亨が引っ越しの荷を牽《ひ》く牛《ウフル》のように私を牽くのか」

「言い方……。俺は家畜か」

「ん？　旦那様だろ」

「っ……なら、旦那様を家畜扱いするなよ」

不意打ちで旦那様呼びされて、一瞬、言葉に詰まってしまった。

おい愛菜、ニヤニヤするな。

メイユエは愛菜から渡された浮き輪を身体に通す。

「おお！　たしかに足が浮く。プカプカだ」

「楽しそうでなによりだよ。じゃあ私はお邪魔だろうから行くね」

愛菜は「サラバダ～」とか言いながら泳いで行った。

ホント、人生楽しんでるよなぁ、アイツ。

「じゃあちょっと深いほうに行ってみようか」

「う、うむ。よろしく頼む」

俺はメイユエの浮き輪に手を掛けると、立ち泳ぎで足の着かないほうへと進む。あまり速度は出せないけど、海は身体が浮きやすいのでこれくらいは余裕だった。

そして足の着かない場所で、メイユエと波に揺られる。

大きな波が来る度に、メイユエは「おおお」と声を出していた。

「これは……なんとも楽しいな。馬《アドー》の背にノンビリ揺られているかのようだ」

「そりゃあ良かった。じゃあ、水の中で足をバタバタと動かしてみ？」

「こうか？」

メイユエが足をバタバタと動かすと、横にスイーッと動いた。

「おお！　進んだぞ、亨」

「それを繰り返してれば、そのうち泳げるようになると思うぞ」

「ふむ。これなら一人でも陸地に戻れそうだ」

メイユエは子供のように無邪気そうに笑っていた。

「あんまり油断すると危ないぞ？　水辺の事故って多いからな」

「わかっている。【災いは地面の下から、猪《いのしし》は森林の中から】だ」

「？　どういう意味？」

「災難というものは急にやって来るということだ」

「うん。まあわかってるならいいんだけど……」

メイユエってときどき調子に乗るところがあるからな。ちょっと心配だ。

とりあえず、ある程度は浮き輪＋バタ足ができるようになったメイユエと足が着くくらいの浅瀬まで戻り、波に持ち上げられたり下ろされたりしていた。

「……なんだろうな。上下運動しかしてないのに妙に楽しいぞ」

「まあ、プールにも波の出るプールとかあるわけだしな」

「高い高いされて喜ぶ子供の気持ちがわかる」

「メイユエくらい華奢《きゃしゃ》なら、いまでもできそうだけどな」

「ほう……ならやってもらおうじゃないか」

メイユエは挑発的に笑うと、「ん」と抱っこをせがむ子供のように両腕を俺のほうに投げ出した。……やってみろってこと？

「……脇の下あたり触るぞ」

「ん。許可する」

「そんじゃ……ほいっと」

「うわっと！」

俺はメイユエの脇の下へ手をやってグイッと持ち上げた。海だから浮力もあるので、浮き輪からすっぽりとメイユエの身体が抜ける。

でも、子供と違ってメイユエは身長もあるので、真っ直ぐに持ち上げたらメイユエのお腹《なか》が顔の前に来た。目の前にメイユエの形のいいおへそがある。

「こ、こら！　ジロジロ見るな！」

メイユエは手でおへそを隠した。あ、そっちは恥ずかしがるんだ。

脇の下を触られるより、おへそを見られるほうが恥ずかしいのか。

俺はメイユエを浮き輪の中へと戻すと、メイユエはむうと頰を膨らませた。

「亨は……その、デリカシーに欠けると思うぞ」

「いや、綺麗《きれい》なお腹だったと思うけど」

「そういうこと言うのが、デリカシーに欠けると言っているのだ！」

そんなことを言い合っていたら、

「……二人ってイトコだって話じゃなかった？」

「な、なんかイトコの距離感じゃない気がします！　ハレンチです！」

と、いつの間にか近くにいた威堂《いどう》先輩と大庭《おおば》さんにそう言われた。後ろには愛菜と南雲《なぐも》さんもいる。どうやらいまのやり取りをおもいっきり見られていたようだ。

威堂先輩と大庭さんは俺たちの本当の関係を知らないから驚いたのだろう。

俺とメイユエは慌てて離れる。くそっ、顔が熱い。

「ま、まあほら。イトコ同士でも結婚できるわけだし」

おい愛菜さんよ。それはフォローになってないぞ。

南雲さんにいたっては「私は無関係」とばかりにそっぽを向いていた。

どうすんだよこの空気……と、思っていると。

「皆さん！　差し入れを持って来たですぞー！」

そう言ってサーフパンツ一丁でクーラーボックスを担いだ飯観寺《いいかんじ》先輩がやって来た。

「ジュースやアイスなどもありますぞ。休憩してはどうでしょうかな？」

先輩、ナイス！

「ちょうど喉が渇いていたんです！　行きましょう、威堂先輩！」

「大庭さんも行こうよ！　水分補給は大事だよ！」

俺と愛菜が話を変えるべく二人を誘う。

「そ、そうね。そろそろ休憩しようかしら」

「威堂先輩がそう言うなら！」

二人も納得して飯観寺先輩のほうへと向かっていった。ご、誤魔化せたようだ。

愛菜と二人ホッと胸を撫《な》で下ろすと、俺はメイユエのほうを見た。

彼女は少し頬を赤くしながら波に揺られている。

「ほら、メイユエも行こうぜ？」

「わ、私は……いい。もう少しこうしていたい」

「そ、そうか？　いいけど……適当に休憩しなきゃダメだぞ」

「うむ。わかった」

俺たちはメイユエを残し、飯観寺先輩のところへと向かった。

◇　◇　◇

「うぅ……恥ずかしかった」

亨たちと分かれ、一人波に揺蕩《たゆた》っていた私は顔から火が出そうだった。

亨との夫婦のやり取りを威堂殿たちに見られたこともそうだけど、亨に持ち上げられたときも、ものすごくドキドキしてしまったのだ。

脇の下に当てられた亨の大きな手の感触。

持ち上げられたときに手から感じた力強さと、薄《うっす》らと見える筋肉。

そんな不意打ちの男らしさに不覚にもときめいてしまったのだ。

まあ……亨は人のおへそをマジマジと見る変態だったので、一度は冷静になれたのだけど、それでも威堂殿たちに距離感を指摘され、また恥ずかしさがこみ上げてきた。

だから亨の誘いを断って海に残ったのだ。

海から出て、亨の横に立ったらこの動揺がバレてしまいそうだったから。

（……ふう）

ユラユラと波に揺られながら少し冷静になろう。

こうして揺蕩っていると、無駄な力が抜けてくるようだ。

普段、肩肘張った生き方をしているから、なおのこと……。

目をつむり、揺らめきに身を任せていると……なんとも穏やかな気分になる。

(海……良いものかもしれないな……)

そんなことを思い目を開けた、そのときだった。

「あれ？」

なぜか亨たちの居る浜が遠くなっていた。

さっきまで足が着くくらいの場所にいたはずなのに、いまは浮き輪の下で足をばたつかせても、なにも触れるものがなくなっていた。

そこでようやく、私は自分が沖のほうに流されていることに気付いた。

浜に戻ろうと足をバタバタさせても、陸地はどんどん遠ざかっていく。

恥ずかしいからと、意地を張って亨と離れた途端にこのザマとは……。

慣れぬ海に不安が膨れ上がっていく。

このまま誰にも気付かれず、海を漂流する羽目になったらどうすればいいのか。

星の導きもないまま草原を彷徨《さまよ》うようなものではないか。

「うぅ……とおるぅ」

弱った心で、旦那様の名前を呼んだそのときだった。

『？　呼んだか？』

「はへ？」

顔を上げるとそこには、亨が〝幽体状態で〟プカプカと浮かんでいた。

◇◇◇

——その少し前のこと。


「……ん？」

「どうしたの？　亨くん」

ビーチパラソルの下、愛菜たちと飯観寺先輩の持って来たクーラーボックスに入っていたラムネ（いまどきビー玉の入ってるガラス瓶タイプってまだ売ってるんだな）を飲んでいたとき、不意にうなじのあたりに悪寒が走った。

「なんか首の後ろがゾワゾワして……」

「大丈夫？　日焼けでもした」

「いや、そういう感じじゃないんだけど」

この感覚には憶《おぼ》えがある。……あ、そうだ。この感じは！

（これは、メイユエに不幸なことが起こるときの感覚！）

遊牧国家カレムスタンの姫であるメイユエは、国の政敵に呪われていたせいで不幸体質になってしまっている。それこそ居眠り運転のトラックに突っ込まれて一度死ぬくらいの強力な呪いだった。

だけど俺と冥婚したことにより呪いの効果は薄まり、上から植木鉢が落ちてきたり、逃げ出した犬に突っ込まれたりするなど、気を付けていればなんとかなる程度（それでも危険ではあるが）に落ち着いている。

政敵が一掃されたいまでもその呪いの影響は残っている。

このゾワゾワはそんな不幸の前兆だった。

「メイユエは!?」

「美月さんならあそこに……って、えっ!? 遠くない!?」

浜の近くに浮いていたはずのメイユエは、遥《はる》か沖のほうに流されていた。

泳ぎに不慣れなメイユエには戻って来られないほど遠くに行ってしまっている。

「アイツ、まさか離岸流に乗っちゃったのか!?」

「だとしたら、どんどん沖に運ばれちゃうよ」

「とにかく、いますぐ助けに……」

「あっ、待って！　亨《とおる》くん！」

駆け出そうとしたとき、愛菜《まな》に腕を摑《つか》まれた。今は一秒が惜しいので振りほどこうとするが、愛菜は必死で手を放そうとしなかった。

「なんで邪魔するんだよ！」

「落ち着いて、亨くん！　あそこまでどれくらい距離があるか見て」

「どれくらいって……」

ざっと見た感じ百メートルくらいだろうか……あっ。

「そうだよ。もうすぐどっちかの魂が抜けちゃう距離でしょ？　いま美月さんの身体《からだ》から魂が抜けたら危険でしょ。だから動いちゃダメだよ」

愛菜の言葉に俺は冷静になった。冥婚したことで魂が繋《つな》がっている俺たちは、大体百メートル以上離れると、どちらかの魂が肉体から引き摺《ず》り出されてしまう。そして引き摺り出される側は決まって動きが少ないほうだ。

つまりここでジッとしていれば、しばらくすれば俺の魂が引き摺り出される。

そしてすぐになにか引っ張られるような感じがしてきた。

周囲を見回せば、飯観寺先輩は威堂先輩と、南雲さんは大庭さんと話していて、まだメイユエの状況に気付いていない。……よし。

「……愛菜。俺の身体を頼む」

「OK、任せて。頑張ってね、亨くん」

「ああ。ちゃんと連れ帰る」

そう言ったとき、俺の魂は身体から引き摺り出された。

◇　◇　◇

『そんでいま、幽体状態でメイユエの前に飛んできたってわけなんだけど……っておいおい。メイユエ、泣いてるのか？』

亨に指摘され、私は自分がいま涙ぐんでいることに気が付いた。

私は、そんなに怖かったのか？……怖かったのだろうな。

すると亨は申し訳なさそうな顔をしていた。

『……悪い。俺が目を離したばっかりに』

「うぅ……本当だぞ。妻をほっぽって他の女と戯れてるなんて」

『だから悪かったって。ごめんな、メイユエ』

いつものように上手《うま》く強がれない私に、亨は優しい声で言った。

『でも、もう大丈夫だ』

「だが、全然陸に近づけないんだぞ」

『きっと離岸流っていう沖へ向かう流れに乗っちゃったんだ。一部にはこういう場所があるってちゃんと説明しとくべきだったよ。離岸流に乗ったら浜に戻ろうとするんじゃなくて、とにかく横に移動して流れから外れればいいんだ』

そうなのか？　どうやらこの事態は私の海への知識不足が起こしたらしい。

凹《へこ》んでいると亨が『大丈夫だって』と笑顔を見せた。

『ともかく浜に戻るためにも……メイユエ、お前の中に入っていいか？』

「っ!?　急になにを……って、あっ、タマフリか」

『そうそう。【龍神娘《アジュ・メルゲン》】モードだっけ？　アレ使ってさっさと帰ろう』

自分とは違う魂を呼び（魂よばい）、一つの身体に二つの魂を宿し（魂しずめ）、それによって人智《じんち》を超えた力を発揮することをタマフリ（魂振《たまふ》り）と呼ぶ。

冥婚で魂が繋がった私たちは、どちらか一方の身体に二人の魂を入れることによって、このタマフリを起こすことができるのだ。ちなみに、
亨の魂が私の身体に入ると【龍神娘《アジュ・メルゲン》】モードとなり身体能力が強化される。

私の魂が亨の身体に入ると【人中鷹《ジャサ・シヘル》】モードとなり強力な風を操ることができる。

命名は私で、我が国の神話『ゲセル・ハーン』の女傑・英雄から名を取っている。

「うむ。頼む」

『おう。それじゃ……入るぞ？』

背後に回った幽体の亨が、私を抱きしめるように重なっていく。

「はひゃっ!?」（ぬぷっ）

突如、私の全身に刺激が走る。このタマフリのために相手の身体の中に入るとき、入るほうも入られるほうも強い快感を感じてしまうのだ。

入るほうは快感と気恥ずかしさと温かさを煮詰めたような感覚があり、入られるほうは自分の内側の敏感な部分をまさぐられるような刺激的な感覚がある。

そして実体験としては、入られるほうが快感が強い傾向にあるようだ。

「ふう……」

私の口から、私の意思とは関係ない溜息《ためいき》が漏れる。

身体の自由が利かなくなっているのに、自然と私の手足が動いている。

「よし。問題なさそうだな／入られるときのあの刺激はどうにかしてもらいたいのだけどなぁ……／ああ、それはたしかに」

一人の口から二人分の会話が零《こぼ》れる。

いま亨の魂は私の身体に入り、この身体の操作権を奪っていた。

「そんじゃまぁ、行くとしますか」

ザブンッ、と〝私〟の身体が浮き輪から抜けて海中へと潜る。

そして「ぷはっ」と浮上をすると、両手で浮き輪を摑み、足をバタバタと動かして浜辺と平行に泳ぐ。アレだけ進まなかったのに、流れに逆らわないだけで簡単に移動できてしまった。ある程度、横に進んだところで、

「これぐらいでいいか。じゃあ戻るぞ」

と、亨は言うと、身体を横向きにして浜のほうへスイスイと泳ぎだした。

「なんなのだ、その泳ぎ方は？／中学時代に師匠に習った古式泳法。浮き輪を手放して良いならもっと速く泳げるけど、持って泳ぐならこっちのほうが楽だしな」

そういうものなのか……。しかし、私の身体で器用に泳ぐものだ。

というか、いまの私も身体の感覚は残っているので、泳ぐときに身体を撫《な》でる水の感触や、水に加えた力で加速する感覚などを感じとることができた。

「なるほど、これが泳ぐという感覚か／あっメイユエも感じることができるのか」

亨は常に顔が水面に出る泳ぎ方をしていたため、会話ができた。

「うむ。しかし……私にも泳ぐ機能が付いていたのだな／なんだよ、機能って／マリンタイプとか水陸両用機とか？／ジャンガルの敵国水泳部の皆さんかよ／まあ冗談はともかく、私の身体でも泳げるというのは驚きだ」

　こうして話してる（絵面は完全に独り言だけど）間にも浜辺がどんどん近くなっているからな。すると私の中の亨が苦笑いしていた。

「……まあ、慣れない感じがする部分もあるけど、浮いて泳ぐくらいはできるからな。それに【龍神娘《アジュ・メルゲン》】モードで脚力も上がっているみたいだし／そうなのか……ん？　慣れない感じがする部分って？／……お胸様とか／元の身体に戻ったら砂に埋めてやる／しかたないだろ、乳当てしながら泳いだ経験なんてないんだから！」

　ビキニの上を乳当て言うな！

「まったく……スケベめ／……自分の口から自分を罵倒する言葉が出るって不思議な気分だな／亨のではなく私の口だろう、ってなんなのだこの会話は」

　一人でギャーギャー言っている間に浜へと戻ることができた。地に足が着き、腰下くらいの水位になったところで、亨は私の身体の中から出て行った。

「……う〜む。使ってない筋肉を使われたせいか足に疲労感がある」

『文句言うなよ。助けてもらっといて』

「それはそうだな。……その……なんだ……亨」

『ん？　なに？』

幽体状態で首を傾《かし》げる亨に、私は意を決して告げる。

「助けに来てくれてありがとう。嬉《うれ》しかったぞ」

『お、おう』

私が素直に感謝を伝えると、亨は照れたようにそっぽを向いた。

そんな亨の顔を見ると、お礼を言った私のほうがほっこりとした気分になる。夫婦関係で大事なのは言葉にすること……というのは飛文の意見だったか。

（たまには……素直な言葉を伝えるのも悪くない……か）

そんなことを思いながら仲間たちの居るビーチパラソルのほうへと向かうと……。

「あっ、お帰り二人とも。心配したよ」

『あ……』「………」

愛菜が亨のことを膝枕している現場に遭遇した。

◇　◇　◇

「……おい、亨。これはどういうことなのだ？」

『いや、俺にもよくわからないんだけど……えっ、なんで？』

メイユエに冷たい目で見られて、俺は慌てて愛菜を見た。

すると愛菜は「あはは」と笑いながら、

「亨くんが意識を失っていること、威堂《いどう》先輩や千和《ちわ》ちゃんに気付かれたら大騒ぎになっちゃうでしょ？　だから疲れて寝ちゃったことにしたんだけど、そのまま寝かせておくのもなんだから膝くらい貸してあげようかなって」

と、そう言ってのけた。一応、善意の行動なのか？

どうやら飯観寺《いいかんじ》先輩たちはビーチバレーをして遊んでいるようだ。開運部の古参VS《バーサス》生徒会。大庭《おおば》さんだけやたら対抗心剝《む》き出《だ》しにしているようだ。

多分、人目がないからこそ、愛菜はこんな大胆なことをしたのだろう。

『だからってなぁ……』

「それに美月さんの可愛《かわい》い反応が見られるんじゃないかなって」

『確信犯かよ！』

「それ、使い方間違ってるらしいよ？」

『じゃあ愉快犯？』

「そっちのほうが正しい気がする」

「どうでもいい話はそれくらいにして、早く身体に戻ったらどうだ」

メイユエに苛立《いらだ》たしげに言われ、俺は慌てて身体に戻った。

身体の支配を取り戻すときに、後頭部に愛菜の太腿《ふともも》の柔らかさを感じた気もするけど……そこに言及するとまたメイユエを怒らせそうなのでガバッと起き上がる。

そして恐る恐るメイユエのほうを見ると、メイユエは俺の横に腰を下ろした。

お互いの腕がピタッとくっつくくらい近くに。

「あの、メイユエさん？」

「んー。身体に疲労感があるからちょっと休もうと思っただけだぞ」

「あっ、はい……そうですか？」

その割りには体重をこっちに預けてきてると思うんだけど……。

これはデレか？　デレなのか？

愛菜《まな》は「どうぞごゆっくり～」とか言いながら先輩たちのほうに走って行った。

（うん……まあ、いいか）

無事にメイユエを連れて帰れたわけだしな。

メイユエにしても、怖い思いをしたばっかりなわけだし。

俺たちはしばらくの間、そうやって寄り添っていたのだった。


その後、夕方近くまで海で遊んだ俺たちは、宿に帰るとそれぞれの部屋でシャワーを浴びてノンビリとした時間を過ごしていた。

しばらくして夕食時となり、女将《おかみ》さんに内線で呼ばれて大広間へと向かう。

「うわ……すごいご馳走《ちそう》」

「本当に、海の幸がてんこ盛りですね」

威堂先輩と大庭さんが目を丸くしながら言った。

たしかに大きなテーブルの上にはお刺身やら天ぷらが並び、人数分ある固形燃料の卓上コンロには小《ち》っちゃな鍋が載ってブクブクと泡を立てている。

めちゃくちゃ豪勢な晩ご飯だった。

「カニの甲羅をお皿にしたグラタン。これがあるとご馳走って感じがするよね」

「……ちょっとわかる」

愛菜と南雲《なぐも》さんもそんなことを話していた。うん、俺もわかる。

「でも、本当にいいんですか？　こんな立派な料理をいただいちゃって……」

威堂先輩が配膳の仕上げをしていた女将さんに言うと、女将さんは「もちろん、いいんですよー」と和やかに微笑《ほほえ》んだ。

「この二日間は急遽《きゆうきよ》、お客さまを受け入れないことになりましたからねぇ。どこも食材が余ってしまっているんです」

「えっ、受け入れてない？」

女将さんは一瞬、しまった、という顔をしていた。

しかしすぐに取り繕ったような笑顔になる。

「気にしないでくださいな。飯観寺様とお連れ様は別ですので」

「……」

「それでは皆さん、どうぞごゆっくり」

そう言うと女将さんはソソクサと大広間から出て行った。

女将さんが去っていったあとで、威堂先輩は飯観寺先輩に詰め寄った。

「ちょっと飯観寺！　さっき女将さんが言ってたことってどういうことなの？　お客さんを受け入れてない時期に、私たちを泊まらせてるって！」

「お、落ち着いてほしいですぞ。威堂殿」

詰め寄られた飯観寺先輩はタジタジになりながら答えた。

「じ、実はですな……最近、この近くの岩場で〝事故〟がありまして、ここいら一帯の宿では今日と明日、宿を休業状態にして調査することになっているのです。そこに我が輩の実家の伝手《つて》を頼り、ご厚意で宿泊させていただいているというわけですな」

「事故って……あ、志田《しだ》が言ってた『北にある岩場に近づくな』ってヤツ？」

飯観寺先輩から伝言を頼まれていた『北の岩場に近づかないように』ということは、海に入る前に女子チームには伝えてあった。

飯観寺先輩の説明には嘘《うそ》と真実が交ざっているようだ。

宿の休業、調査は真実。ご厚意の宿泊は嘘。多分、事故というのも……。

(宿を休業状態にしている……か)

なるほど。だから浜辺にはナンパ野郎もパーティーピーポーも居《お》らず、俺たちを除けば

二、三組の家族や漁師といった地元の人しか居なかったのだ。
「事故があったんでしょ？　大丈夫なの？」

「近づかなければ問題はありませんな」

「そう。ならいいけど……」

威堂先輩も渋々という形だけど納得したようだ。

するとすでに席に着いているメイユエがパンパンと手を叩《たた》いた。

「ともかく、せっかく美味《おい》しそうな料理があるのだから食べようではないか。【山羊《やぎ》の肉は熱いうちに】（日本の類義語は『善は急げ』）と言うだろう」

「山羊？　どこかに山羊のお肉があるの？」

「千和ちゃん。いまのは美月さんの居た国の諺《ことわざ》だから」

キョトンとする大庭さんに、愛菜が教えていた。……なんか肩の力が抜けた。

ともかく俺たちはテーブルに並んだ豪勢な料理を堪能することにした。

メイユエは食べてる間、頻繁に、

「美味しい《アムトウタエ》！」

……と言っていたので、ご満悦だったようだ。

いやまあ確かに、とんでもなく美味《うま》かったけどさ。先輩の言っていた〝事故〟とやらが気になって、せっかくの豪勢な食事に集中できなかった。

8,智風、非日常側に踏み込む

（まさかこんな豪華な夕食をいただけるとは……）

私、威堂智風《ちかぜ》は同行した『開運部』の合宿で豪華な夕食をいただいてしまった。

新鮮なお刺身に揚げたての天ぷら。一人一個用意された卓上コンロでは猪《いのしし》肉が煮られていて、小鉢のおひたしに至るまで品のある味付けがされている。

とてもじゃないけど一泊五千円で出される料理じゃないと思う。

ためしに仲の良い女子グループのメッセージアプリに、この料理の写真を掲載してみたところ、親友の華音《かのん》から「いいな、いいなぁ」「うらやましい」「お土産に持って帰ってきてよー」と羨むメッセージが連投されていた。

柚月《ゆづき》や寅野《とらの》さんからも『いいなぁ』『美味しそう』というスタンプが届く。

みんなからすればそうだろうけど、こっちは無理させているようで心苦しい。そんな内心複雑だけどとっても美味しい夕食のあと、私たちはお風呂に入りに行くことにした。

このお宿の大浴場は面積の半分ほどが露天風呂になっている。

ホント……何度気後れさせられるんだってくらい良い宿よね……。

そんなことを思いながら脱衣所で服を脱いでいると、

「あれ、威堂先輩。宿の浴衣は着てこなかったんですか？」

人懐っこい後輩の雪屋《ゆきや》さんが話しかけてきた。

「シャツにパンツルックですけど、お風呂上がりに面倒じゃありません？」

「あー、私、宿にあるような浴衣って苦手なのよねぇ」

私は苦笑しながら自分の胸元を指差した。

「ほら、私くらいのサイズになると、羽織って帯で留めるだけの浴衣だと、すぐに着崩れちゃって……公然わいせつになっちゃうからね」

「……」

あ、雪屋さんの目からハイライトが消えた。地雷踏んじゃったかも？

「気にせずとも愛菜のスタイルは良いと思うぞ」

するとと志田さん（美月さんのほう）がフォローしてくれた。

「えっ、そうかな？　美月さん」（←ちょっと嬉しそう）

「うむ。弓を弾《はじ》くとき邪魔にならず、馬《アドー》で駆けても揺れずにすむからな」

「誰の胸が地震空白地帯だコラ」

「そこまで言ってないだろ!?　私は利便性の話をだな……」

「だったらその胸部装甲ちょうだいよ！」

「なっ！　コラ！」

雪屋さんが志田さんの胸を揉《も》みしだいている。あー、怒っていたんじゃなくて、合法的に（？）セクハラする機会を狙っていたのね。

千和《ちわ》と南雲さんは絡まれたくないのか、さっさと浴場へと向かっていった。……私も狙われる前に退避しなくちゃ。

その後は身体《からだ》を洗ってから温泉に入る。

お湯はとても気持ち良かったのだけど、私はもともと長湯するタイプじゃない。

こういう旅館で温泉に入るときは、一回の入る時間を長くするよりは、夕方・夜・朝みたいに分けて何度も入りたいタイプだ。

だから他のみんなを残して、一足先にさっさと出る。

服を着てから浴場を出て、入り口近くに置かれていた冷蔵庫の飲むタイプのヨーグルトを腰に手を当てて一気飲みする。……美味しい。

（さてと……）

ヨーグルトを飲み終えた私は瓶を返却ボックスに戻した。

（このまま部屋に帰ってもいいんだけど……まだ誰も居ないのよね）

それなら少し外に出て夕涼みでもしようかしら。

そう思って靴を履き、宿の外へ出る。あたりはすっかり暗くなっているけれど、まあ宿の近くなら大丈夫でしょ。幸い宿のすぐそばは海なわけだし。

宿の防波堤に立ってみれば海は墨汁のように真っ暗だ。

（ここまで真っ暗だとロマンもないわね）

月でも出てれば違うのだろうけど、残念ながら月は出ていなかった。空気が澄んでいる

から星はかなり綺麗《きれい》に見えるんだけど、それだけだと海は漆黒のままだ。

と、そのとき、道にまばらにある外灯の下に人影が見えた。

(あれって……飯観寺《いいかんじ》?)

どうやらその人影はクラスメイトの飯観寺辰明《たつあき》のようだ。

こんな時間、真っ暗な道を、作務衣《さむえ》姿でどこへ行くのだろうか。

(なんだか怪しいわね)

飯観寺はクラスメイトだけど……よくわからないヤツだった。実家が学校の近くのお寺で、霊感があるって話は聞くけど本当かどうかはわからない。友達は同級生に何人か居るみたいだけど多くはなく、私もあまり接点を持っていなかった。

今回合宿に来て話してみれば、後輩思いの気の良いヤツということがわかった。

宿では謎の人脈を見た気もするけど、普通に仲良くなれそうな気がした。

だというのに、なんであんな不審な行動を取っているの?

(……まあお目付役として同行しているわけだしね)

私はこっそりと飯観寺のあとを付けることにした。

つかず離れずの距離からこっそりと付いて行くと、どうやら飯観寺は海岸線を北のほうに向かっているようだった。あとを付けて行くと砂浜が終わり、ゴツゴツとした岩が転がっている場所へと辿《たど》り着いた。

(ここって……飯観寺が近づかないようにと言っていた岩場?)

自分で近づくなって言っていた場所でなにをしているんだろう？

……怪しい。私は徐々に飯観寺との距離を詰める。

すると飯観寺は岩場の奥にある崖、そこにポッカリと開いた洞穴へと入っていく。

私もその洞穴の入り口から中を覗《のぞ》き込んだ。そこまで大きな洞穴じゃない。車がギリギリ二台収納できる車庫くらいの広さしかなかった。

そんな洞穴の中央には祠《ほこら》のようなものがあった。

その祠の前で飯観寺は身をかがめ、地面にあったなにかを拾っていた。

「う〜む……この土地の鎮守となるべきご神体への供物を破壊するとは、とんだ罰当たりがいたものですなぁ。信心以前に人としての知性が欠落しておりますぞ」

洞穴で声が反響しているためか、飯観寺の呟《つぶや》きがハッキリと聞こえた。

供物？……そういえば飯観寺の足下になにやら木片が散らばっているようだ。それに少し離れた場所に破壊された木製の物体が転がっていた。

あれは……賽銭箱《さいせんばこ》かしら？　つまり賽銭泥棒の現場ってこと？

頭が混乱してきた私を余所《よそ》に、飯観寺は立ち上がると祠を見つめた。

「なんとも禍々《まがまが》しい気配が漂っていますなぁ。しかもこの気配、我が輩の知る穢《けが》れとは違うものが混じっているようです。通常の方法で祓《はら》えないとなると、少々厄介ですぞ。しかし妙なのは……どうもこの気配に憶《おぼ》えがある気がすることですな」

穢れ？　祓えない？　なんか不穏なオカルトワードが聞こえたような……。

そういえば……飯観寺の実家ってお寺だったっけ。霊感があるって噂《うわさ》もある。

安すぎる宿代といい、なにか裏がありそうだわ。

すると飯観寺は袖から数珠を取り出し、なにやらお経みたいなのを唱え始めた。

「――――――」

なんて言っているのかわからない。だけど表情は真剣だった。

幽霊が実在するかどうかはともかく、テレビに出てくるような自称・霊能力者や霊感があるアイドルなんかは胡散臭《うさんくさ》くて信じていなかった。だけどいつもは間の抜けた顔の飯観寺が真剣な顔をしているのを見ると、彼のことは信じても良いかと思ってしまう。

「――……ダメですな」

飯観寺が念仏を唱えるのをやめた。

「この場に留《とど》まる穢れを流そうにも、どこからか汚れが供給されてしまっています。まるで誰かがこの地を呪っているかのような……ん？　呪い？……あっ」

飯観寺はなにかに気付いたようにアゴに手を当てていた。

「だから既視感があったのですな。だとしたら……」

なにかブツブツと呟いている。

聞こえないでしょうが、呟くならもっとハッキリ呟いてよ（↑理不尽）。

そんなことを思っていたときだった。

不意に背筋がゾクッとするような気配を感じた。

「ぬっ!?」

異変に気付いた飯観寺も振り返ると、祠のほうからなにやら黒い靄《もや》のようなものが立ち上っているのが見えた。音も臭いもない。だからこそ異質な存在。

（な、なによあれ……!?）

私は霊感なんてない。幽霊は信じてもいいけど、幽霊を見たって人の話は信じない。そんなスタンスで生きてきた私でさえ、アレが異形のものだとすぐにわかって。

だってただ黒い靄のようにしか見えないはずなのに、あの靄の中から〝いくつもの目がこっちを見ている〟と感じたからだ。

「これは……一度引くしかありませんな」

私が呆気《あっけ》にとられている間に、飯観寺はサッと踵《きびす》を返した。

そしてすぐに駆け出し、洞穴から出たそのとき、

「――あっ――」

飯観寺と目が合った。彼の目が大きく見開かれている。

「なぜ、ここに威堂《いどう》殿が……」

「ご、ごめん！　宿を出て行くアンタが見えたから……」

「っ！　そんなことより、早くここから逃げるのですぞ！」

飯観寺が私の手首を掴《つか》んで引っ張る。

意外に力強い。だけど混乱している私は足をもつれさせてしまった。

「うっ……」

「威堂殿！」

次の瞬間、飯観寺は私の身体を引っ張り、覆い被《かぶ》さるように抱きかかえた。飯観寺が大柄なのもあって、私の身体は彼の懐のなかにすっぽりと収まってしまう。

（え、なに？　抱きしめられてる？）

わけがわからず一瞬放心していたら、

「ぐあっ」

頭の上から飯観寺のくぐもった声が聞こえてきた。慌てて顔を上げると、飯観寺の肩越しに、あの黒い靄が彼の背中に纏《まと》わり付いているのが見えた。

まるで背中に黒い炎が燃え移っているかのようだ。

私はもう、目の前の光景が信じられなくて言葉が出てこなかった。

「っ！――――」

すると飯観寺はなにか念仏のようなものを唱えながら、懐から取り出したペットボトルの水を頭から被った。すると、飯観寺に取り憑《つ》いていた靄が身体から離れる。

その隙に私たちは洞穴から急いで離れた。

とにかく無我夢中で走り、外灯のある道路まで出て振り返ると、もうあの靄は付いてきてはいなかった。一先《ひとま》ず、危険からは逃れられたのかな？

「なんなのよ、一体……」

そう言いながら飯観寺を見ると、彼の顔は血の気が引いて真っ青になっていた。

「ちょ、ちょっと飯観寺！　アンタ大丈夫なの!?」

「……はぁ……はぁ……少々、失敗してしまいました……な」

すると飯観寺の身体がグラリと傾いた。私は慌ててその身体を支える。

「飯観寺!?」

「すみませんが……な……南雲《なぐも》くんに相談して……」

息も絶え絶えに言う飯観寺。ヤバいヤバいヤバい！

「飯観寺!?　飯観寺ってば!?」

「伝えてくだ…い……美月くんなら……」

「ちょっと！　しっかりしなさいってば！　ねえ！」

飯観寺の身体から力が抜けた。意識が朦朧《もうろう》としているのか虚《うつ》ろな目をしている。

私はとにかく必死になって飯観寺に肩を貸しながら歩いたのだった。

9，名探偵コベニ

大浴場から部屋に戻ってくると飯観寺先輩が居ないことに気付いた。

どこか行ってるのかなぁ、と気にせず部屋でテレビを観《み》ていた（旅先で知らない地方番組があるとつい観ちゃうよね）ところ、愛菜《まな》からメッセージアプリで連絡が来た。

愛菜：智風《ちかぜ》先輩、どこに行ったか知ってる？

ん？　威堂先輩も居なくなっているのか？

俺は愛菜に招かれて女子チームが泊まっている部屋へとやって来た。

みんな湯上がりなのか浴衣姿だった。つい、メイユエのことを見てしまう。

（メイユエの浴衣姿ってちょっと新鮮かも？）

「？　どうかしたか？」

俺の視線に気付いたのか、メイユエが首を傾《かし》げた。

「いや、浴衣姿だと完全に日本人にしか見えないなって」

「半分は日本人の血だし、カレムスタン人もモンゴロイドなのだから当たり前だろう。

……その、似合わないだろうか？」

「あーいや……とても似合ってると思う」

「そ、そうか……」

二人してなんだか照れてしまった。

「ちょっと、イチャイチャするのはあとにしてくれる？」

愛菜に呆《あき》れたように言われ、俺たちはバッと離れた。

「あの二人ってお付き合いしてるの？」

「……多分、もっと深い関係」

大庭《おおば》さんと南雲さんがそんなことを話していたけど、聞かなかったことにしよう。

すると愛菜が「そんなことよりもだよ」と声を上げた。

「亨《とおる》くん。飯観寺《いいかんじ》先輩は？」

「あー、そういえばさっきから姿が見えないな」

「じゃあ、先輩たち二人とも居なくなってるってこと？」

愛菜はハッとした表情になって口を押さえた。

「まさか、二人で密会!?　夜のデートとか？」

愛菜が「きゃー♥」とか言いながらはしゃいでいた。そういえば愛菜ってクラスのアイドルポジションだし、陽キャ側の人間なので色恋話は大好物なのだろう。

今日見た感じだと、先輩たちは顔見知り寄りの友達って感じだったと思うんだけど
……って、あれ？　じゃあなんでいま居ないんだ？

そんなことを考えていたときだった。

「みんな！　大変なの！」

「えっ、威堂先輩？」

威堂先輩が戻ってきた。〝ぐったりとした飯観寺先輩〟に肩を貸しながら。

俺たちは慌てて女将《おかみ》さんを呼び、空いていた部屋に飯観寺先輩を運び込んで、布団の上に寝かせた。飯観寺先輩は呼吸はしてるし、熱もなさそうだ。だというのに、まるで悪夢にうなされているかのように、酷《ひど》く苦しんでいた。

「そんな……飯観寺様まで……」

その様子を見た女将さんがそう呟《つぶや》いた。俺は女将さんのほうを向いて言う。

「あの、なにか知っているなら教えてくれませんか？」

「それは……」

「飯観寺先輩の家業関連でなにか依頼していたのは気付いています。貴女《あなた》が先輩になにを依頼して、先輩がなにを調べていたのか……教えてくれませんか？」

「……」

俺の言葉に、女将さんは躊躇《ためら》う素振りを見せた。しかし、その場に居たみんなで女将さんを見つめていると、彼女は怖《お》ず怖《お》ずと口を開いた。

◇　◇　◇

女将さんから聞いた話をまとめるとこうだ。

今年の春先に若い男性三人組がこの地を訪れたそうだ。

この三人組がまあ絵に描いたようなDQN《ドキュン》……知能指数が低そうなヤンチャな男たちだったようで、山際の牧場に行っては牛に石を投げて、牛が怒った様子をケラケラと笑いながらスマホで撮影したり、浜辺でバーベキューをしてはゴミをその場に放置したりと、傍若無人な問題行為を連発していたそうだ。

当然、彼らの行為は顰蹙《ひんしゅく》を買う。彼らに注意する地元民も居たが、

『はあ～？　うっせーんだけど』

『マジだりぃわ。さっさとあっち行けってんだよ』

と、逆ギレして威嚇する始末だった。

そんな彼らに天罰（？）が下るのは、ある夜のことだった。

その日、三人は海水浴場の北にある洞穴を見つけた。

そこが秘密基地みたいでテンションが上がったのか、彼らは夜になると泊まっていた宿から備品やらをかっぱらって持ち込み、酒盛りを行ったのだった。

問題行動ばかりの彼らだが、酒が入ることでさらに素行は悪化する。

その洞穴に祀《まつ》られていた祠《ほこら》からご神体を取り出してその場に投げ捨てたり、祠の手前に置いてあった賽銭箱《さいせんばこ》を破壊して、中のお金を盗んだりしたそうな。

完全に犯罪行為なわけだけど……彼らが法の裁きを受けることはなかった。

それよりもさらに無惨な報いを受けることになる。

先に結果を言おう。

三人のうち一人が死亡。残り二人は錯乱して病院に入ったらしい。

「これは警察に聞いた話なのですが……」

と、前置きをして女将さんが語った事件の経緯は以下のようなものだった。

どうやら酔っ払った彼らはふとしたことから口論になり、それが殴り合いの喧嘩《けんか》へと発展したようだ。その乱闘もどんどんエスカレートしていったようで、最終的には手近にあったビール瓶や大きめの石で相手を殴打するようになった。

現場は酒や血が大量に飛び散っていたらしい。

そして一人が投げつけた子供の頭くらいの大きさの石が、争っていた相手のこめかみに直撃し、その人物は死亡する。死因は脳挫傷だった。

喧嘩は殺人事件にまで発展してしまったのだ。

奇妙なのはここからで、残りの二人は死亡者が出たにもかかわらず、朝現地の人々に発見されるまでその洞穴に死体と共に留《とど》まっていたのだ。

そして発見されたとき、その二名は酒などとうに抜けているはずなのに、人々の問いかけにケラケラと笑って答えず、精神に異常をきたしている様子だったという。

警察は酒と同時になにか薬のようなものをやっていて、それの効果が強すぎたため三人の脳に異常をきたし、殺人事件にまで発展した……と結論づけた。

しかし地元民は、鎮守の神様の怒りを買い、彼らは呪われたのだと噂《うわさ》した。


……と、ここで話が終われば『嫌な事件だったね』で済む話なのだが、この話はまだ続く。事件があって以降、その洞穴に近づくと体調不良を起こす人が続出したのだ。

時刻は決まって夜。

その洞穴の近くへ行くと、誰も居ないはずなのに無数の視線を感じ、目眩《めまい》や吐き気などを覚えるといった報告が多数上がっているのだ。

そんなバカな話があるかと、豪胆な地元民が夜に洞穴へと向かったのだが、その人は朝になっても帰ってこなかった。朝になって家族が捜しに行くと、洞穴の中で気を失っているところを発見され、病院に運び込まれたらしい。

幸いにもその人の意識は回復したのだけど、酷く怯《おび》えた様子で、いまもまだ人の視線を極端に恐れるといった後遺症が出ているそうだ。

この一件によって洞穴は危険な場所だということがあらためて明らかとなった。

この町は観光業、海水浴場の利用客で潤っている。

もし万が一、観光客がこの洞穴で事故に遭い、その話が拡散されてしまったら、この町の観光業は壊滅的な打撃を受けることになるだろう。

それを危惧したこの地域の観光協会は、この夏のかき入れどきの二日間に観光客の受け入れを中止し、縁故のある飯観寺に依頼をしてお祓《はら》いをしてもらうことにしたそうだ。

そして飯観寺先輩がこの地に招かれ、俺たちは合宿という形でそれに同行させてもらえた……ということらしい。

◇◇◇

そして対策に当たった飯観寺先輩も倒れてしまった……ということらしい。

他にも飯観寺先輩のように倒れた地元民は居たのだが、医者に診せても原因不明であり、時間を掛けて気が付くのを待つしかないとのことだった。

女将さんは話し終えると「こちらでも対策を考えます」と部屋から出て行った。

「……いまの話、本当なんでしょうか？　とても信じられません」

大庭さんがいの一番に口を開いた。

しかしそんな大庭さんに威堂《いどう》先輩は静かに首を横に振った。

「いいえ、事実よ。私も……この目でハッキリと見ちゃったんだから」

「せ、先輩……」

「飯観寺は私のせいでこうなったの。近づくなって言われてたのに近づいて、飯観寺の邪魔をしてしまって……ホント、バカだわ、私。あのとき飯観寺が庇《かば》ってくれなかったら、こうなってたのは私のほうなのよ」

「そんな！　先輩のせいじゃないですって！」

大庭さんが励ましても、威堂先輩は酷く気落ちしている様子だった。

沈み込む空気の中で、メイユエがパンパンと手を叩《たた》いた。

「落ち込んでても事態が好転することなどない。【滴を集めれば海　聞いたことを集めれば学】と言う。いまはできることを着実にやっていくしかあるまい」

「……そうだな」

俺は俯《うつむ》いている威堂先輩の前に行き、中腰になって尋ねた。

「威堂先輩。なにか覚えていることはありませんか？　その、洞穴でなにを見たのか……とか、飯観寺先輩がなにを言っていたか……とかです」

「志田《しだ》……」

威堂先輩は顔を上げた。

「……そうよね。飯観寺のためにも落ち込んでいられないわ」

なにやら決心したような顔をして言った。

「なにを見たのかって言うと、荒らされた祠と壊された賽銭箱。そして祠から立ち上る黒い靄《もや》のようなもの。飯観寺をこんな風にしたのはその靄なの」

「黒い靄……」

「ええ……とても異質だったわ。靄にしか見えないのに、その中に無数の視線を感じたの。

まるで沢山の目がその靄の中にあるような感じ」

「ふむ。沢山の目……とな」

メイユエがなにやら考え込んでいた。

その様子がちょっと気になったけど、話を続けてもらう。

「ああ、あと、飯観寺が意識を失う前に言っていたことなんだけど……『南雲《なぐも》さんに相談して』ってことと、『美月さんになにかを伝えてほしい』ってこと」

「わ、私にか？　一体なにを？」

「……ごめんなさい。それを言う前に飯観寺は意識を失っちゃったから」

威堂先輩が申し訳なさそうに言った。う〜ん……情報が少ないな。

「南雲さんに相談することと、メイユエに伝えることってのは別なのか？」

「……多分、そう」

俺の疑問に答えたのは南雲さんだった。

（（　シャベッタアアアア!?　））

それまで一言も喋《しゃべ》らなかった南雲さんが急に喋ったものだから、ビックリして全員が一斉に南雲さんを見た。いや、もともと口数が少ないほうではあるけど。

すると南雲さんは『モヒカンベア』こと頭頂部の毛だけ伸びるテディベア（合宿にも持って来ていたのか？）を抱えながら前に出た。

「先輩は多分……私にこのあとのことを任せたかったんだと思う。自分が倒れたあと……

この事態を解決する指揮をとる」

「指揮って小紅《こべに》がか？」

メイユエが疑問を呈すと、南雲さんは真っ直《ま す》ぐにメイユエの目を見て言った。

「だって私、副部長だから」

「「はい？」」

南雲さんの言葉に俺とメイユエと愛菜《まな》が揃《そろ》って首を傾《かし》げた。

えっ、南雲さんって副部長なの？ってか副部長っていつ決めたっけ？

「あっ、そうか。開運部って正式な部になる前からあったから」

「あー、なるほど。二名しか居なかったからか」

愛菜の言葉に俺も納得した。部員二名で部長・副部長を決めるとして、飯観寺《いいかんじ》先輩が部長なら、副部長になるのは残った南雲さんだったわけだ。

「正気なのですか？　こべ……南雲さんがオカルト方面に強いってことは知ってるのですけど……でも、飯観寺先輩でもダメだったのでしょう？」

そういえば大庭《おおば》さんは南雲さんの幼馴染《おさなな じ》みだったっけ。たしかオカルト趣味が原因で仲が拗《こじ》れたんだったか。なら南雲さんの事情も知っているか。

だけど南雲さんは「大丈夫」と頷《うなず》いた。

「……私に相談するように言ったのだとしたら、それは私なら解決策を思いつくと思われていたということ。これまでの情報を整理すれば真実に辿《たど》り着けるはず」

お、おう。なんか名探偵みたいなことを言いだしたぞ。

「お婆《ばあ》ちゃんの名にかけて真実は多分一つだということはそこはかとなくお見通し」

「交ざってる！　あとなんか全部微妙にズレてる」

最後のは仲《なか》○由紀恵《ゆきえ》のアレだろうか。懐かしすぎじゃない？

ともかく、俺たちは南雲さん主導で情報を整理することにした。

まずは威堂先輩から当時の状況について話を聞く。

飯観寺先輩が夜に一人でどこかに行くのを見かけたので、あとを付けると飯観寺先輩は岩場にある洞穴へと入っていった。そして祠を調査していたらしい。なにかお祓いのようなこともしていたみたいだけど、本人曰《いわ》く効果が見られなかったようだ。

話している中で、威堂先輩が「あっ、そうだ」となにか思い出したようだ。

「あのとき飯観寺が『まるで誰かがこの地を呪っているかのような』って言ってたわ」

「「呪い？」」

俺とメイユエが思わず顔を見合わせた。メイユエが不幸体質になり、一度死ぬ原因となったのは、政敵が【呪《まじな》いの洞窟】を使って呪いを掛けたからだった。

「まさか、その洞穴とやらは【呪いの洞窟】と同じものだったりする？」

メイユエにそう尋ねると、彼女は「まさか」と首を横に振った。

「『ゲセル・ハーン』を神話に持つ我が国だからこそ意味のある呪いだ。よその国で同じような効果があるというものでもない」

「そもそも【呪いの洞窟】は誰かを呪うためのもので、中に入れば呪われるといった類いのものではないぞ」

「そうなのか？」

「でも……一番の鍵は『先輩が美月さんになにかを頼もうとしていた』ということ」

俺たちの話を聞いていた南雲さんがポソッと言った。

「さっきも言ったけど、私に『今後の指揮』を任せるとしたら、美月さんに任せるのは『解決』ということになる。きっと美月さんが問題解決の鍵を握っている」

「そう言われても……私に心当たりはないぞ？」

メイユエは首を傾げていた。しかし南雲さんは確信しているように言う。

「気付いていないだけで鍵は多分、貴女《あなた》が持ってる。それに気付くためのヒントになりそうなことはいくつかあった。まずは……全ての元凶となる事件」

「迷惑男三人組による乱闘からの死亡者発生、そして生存者の発狂だったか」

「こういう事象に心当たりはない？」

「ピンとくるものはないな」

「それじゃあ威堂先輩が感じた沢山の視線はどう？」

「それは……なくもない、という感じか」

えっ、心当たりがあるのか？

「沢山の視線ということは、目が沢山あるということだろう。それはもしかしたら首が多いということなのかもしれん。『ゲセル・ハーン』に登場する魔王たちは、やたらと首が多い魔王が出てくるのだ。十二首魔王とか十五首魔王とか」

「多いな！　八岐大蛇《やまたのおろち》超えてるじゃん」

「二十一首魔王とか十八首魔王とかも居るぞ」

「えっ、なんで減ったの？」

「そういう順番で伝わっているからだ」

あー、そういえば前に叙事詩だと話の前後関係はあやふやになるとか言ってたっけ。

そんな話をしていたら威堂先輩に冷たい目で見られた。

「ねえ、それって重要な話なの？」

「あっ……すみません」

「十二首魔王……呪い……ん？　もしかして……」

ずっと考え込んでいた南雲さんが顔を上げた。

「『ゲセル・ハーン』の神話は……私も、お祖父《じい》ちゃんから聞いて知っている。……美月さん。アルルン・ゴア妃が十二首魔王に掠《さら》われたときの話を憶《おぼ》えてる？」

「ああ。【呪いの洞窟】で啓示を受けたチョトンが、アルルン・ゴアを十二首魔王に掠わせるのだ。十二首魔王が嫌う臭いをアルルン・ゴアが出すように画策し、魔王の怒りを買うように仕向けたんだ」

「……その臭いを出すための原料は？」

「たしか、酒と血とヨーグルトがそれぞれ入った三つの木桶《きおけ》をぶちまけて、それが混ざった臭いを嗅ぐと十二首魔王が苦しむのだったかな」

「うん……これですべてがわかった」

南雲さんはいつになく自信に満ちた表情で言った。

「これは十二首魔王の呪いによるもの」

「ふむ……そう思う根拠は？」

「ことの発端となったDQN《ドキュン》三人組（あ、DQNって言っちゃったよ）による洞穴での乱闘事件。岩で殴り合ったらしいから当然血が流れているし、酒盛りの最中に喧嘩《けんか》をすれば当然、周囲にはお酒が飛び散って流れることになる。……血とお酒が混じる」

「たしかに条件二つは達成されてそうだな。だがヨーグルトはどうする？　そんなものが混ざる要素はないと思うのだが？」

メイユエがそう言うと、南雲さんは手にしたモヒカンベアの腕を「ちっちっち」と動かした。本人は絶対やらなそうな仕草だけど、人形が代わりにするのか。

「……思い出して。女将《おかみ》さんはこう言っていた。『彼らは宿から備品やらをかっぱらって洞穴に持ち込んだ』って。さすがにお金や冷蔵庫の中の食材などを持ち出せば強盗になってしまう。いくらバカでも犯罪者にはなりたくないはず。なら、宿からなにを持ち出したのか？　それは持ち出しても怒られにくいアメニティや、ご自由にお飲みくださいと言われたウェルカムドリンクなど」

「あっ、そうか。地酒と飲むヨーグルト」

俺はポンと手を打った。この宿ではウェルカムドリンクとして、大人には地酒を、未成年には飲むヨーグルトを提供していた。そして飲むヨーグルトに関しては、風呂上がりにご自由にお飲みくださいと、大浴場の近くに常備されている。

その三人組は飲むヨーグルトも持ち出していたのか。

そして乱闘の際に酒と一緒にこぼしてしまい、そこに流れた血も加わったことで、十二首魔王が嫌がる臭いを出すもとが完成してしまったわけだ。

なるほどなぁ……。

……いや、そんなのわからんって。

大抵の日本人は十二首魔王の呪いの発生方法なんて知らんわ。

推理物でこんなのがミステリーの答えだったりしたら炎上するわ。

「えっ、じゃあただの偶然で呪いが起きたってこと!?　たまたまそこに血と酒とヨーグルトが混ざる状況があったから、こんな事態になったわけ!?」

俺がそう疑問を呈すと、南雲さんはコクリと頷いた。

「……もちろん、どこでも同じことが起きるわけじゃない。そこが土地の鎮守が祀《まつ》られている霊験のある場所ということだったり、賽銭箱《さいせんばこ》を破壊したりして土地神の怒りを買ったりしていたなどの悪条件は重なっていたと思う。そういう罰当たりな行為が十二首魔王の呪いと結びついて、今回のような事態を引きおこしたんだと思う」

「なんてこったい……」

「……おそらく、先輩は調べているとき、美月さんにまとわりつく呪いと同じものを感じたんだと思う。だから美月さんならなにか知っていて、対処できるんじゃないかと期待したのかもしれない。妖かしは正体を知られたとき、力を失うものだから」

南雲《なぐも》さんはそう結論づけた。俺たちはもう彼女の言葉に呑《の》まれていた。

自分の知らない分野で、専門家っぽく語られると……まあ信じてしまうよね。

「す、すごい！　なんか『名探偵コベニちゃん』って感じ？」

愛菜が興奮気味に言った。

「なんだよ、その長寿アニメっぽいタイトルは」

「じゃあ『霊界探偵』？」

「アレってバトルマンガだし、適性ないんじゃない？」

解決への方向性が見えたことで、そんな軽口が出るくらいには気が楽になった。

いやまあ問題は全然解決してないんだけどね。

「それで、どうすれば飯観寺を助けられるの？」

威堂《いどう》先輩が真面目な顔で南雲さんに尋ねた。ずっと飯観寺先輩のことを気に病んでいたからなぁ。南雲さんはモヒカンベアで口元を隠しながら答える。

「……解決できるとしたら、美月さんと志田《しだ》くん。人の呪いは祓《はら》って流せるけど、妖かしが絡んだ呪いは〝特別な力〟で断ち切るしかない」

特別な力……タマフリのことか。

タマフリの力でこの呪いを断ち切れ、ということらしい。

それが飯観寺《いいかんじ》先輩がメイユエに伝えたかったこと……。

「なあメイユエ。ちなみに十二首魔王って？」

「名前のとおり、十二個の首を持つと言われている魔王だ。自分の魂をいくつもに分けて、人や動物の中に隠している。それらを殺し尽くさないかぎり死ぬことはないという厄介な魔王だ」

「えっ……そんなヤツに勝てるの？」

「聖主ゲセルは自分も分身して、魔王の分身体を殺し尽くしたな。もちろんそんなこと私たちには不可能だが……本体はゲセルに倒されているのだから、洞穴に巣くうのは怨霊の、それもほんの一部のように思うぞ」

「どうしてそう言い切れる？」

「飯観寺は霊水と日本式のお経で振り払ったのだろう。あっけなさ過ぎる」

メイユエがそう言うと、南雲さんも頷《うなず》いていた。

「……神も幽霊も妖怪も、信じる人の前でこそ力が発揮できる。そこに居ると信じられることが、霊験を得るためには大事なこと。プラシーボ効果的と言うか」

「ごめん。もうちょっとわかりやすく言ってくれない？」

「高野山《こうやさん》でキリスト教徒が祈っても、そばにイエス様が居るとは想像しづらい。逆にローマ教皇庁で真言宗徒が祈っても、そばに弘法大師《こうぼうだいし》が居るとは想像できない」

なるほど。つまり『ゲセル・ハーン』を（物語としてはともかく）神話として持っていない日本では、登場する魔王の力も限定的になるってわけか。

お経と霊水だけで引き剝がせたくらい。

それがわかっていたから、飯観寺先輩はメイユエに託したのか。

「どうする？　メイユエ」

「そんなの、やらねばならんだろう」

問いかけると、メイユエは一切の迷いもなく答えた。

「【苦しいときに友人の性質が知れる　困ったときに恋人の本性がわかる】だ。友の窮地を見捨てぬことこそ真の友というもの。友を苦しめられて黙ってなどいられるか」

「……前から思ってたけど、メイユエの思考って姫ってより武士道じゃない？」

もしくは仁義なき方々？　アニキの仇《かたき》、とったるけんのぅ、みたいな？

するとメイユエがジーッとこっちを見てきた。

「亨《とおる》はどうなのだ？」

「………」

……まあ、メイユエの前のめりな姿勢はどうかと思うけどさ。それでも。

「メイユエが行くって決めたのなら付いて行くさ」

「さすが、私の旦那様だ」

「俺としてはもうちょいお嫁さんには自重してもらいたいんだけど」

「無理だな」

「即答かよ！」

そんなことを言い合いながら俺たちが笑い合っていると、

「結局、あの二人ってどういう関係なの？」

「いま旦那様とかお嫁さんとか言っていましたけど」

威堂先輩と大庭《おおば》さんが目をパチクリとさせていた。

「あー、いまなら信じてもらえそうなんで、あとで説明します」

愛菜《まな》が困ったように笑いながら言った。オカルト的な現象を経験したいまなら、冥婚の件を説明したとしても信じてもらえるだろうと思ったようだ。

時計を見たら深夜十二時前。そろそろ日付が変わろうかという時間だった。

まだ夜明けまでには時間がある。

「飯観寺のためにも、今夜中に決着を付けよう。旦那様」

「ああ。明日も合宿を楽しみたいしな」

俺とメイユエは拳をコツンと合わせた。

「ここがあの怨霊のハウスね！」

「怨霊のハウスってなんだよ、愛菜。伽《か》○子《こ》の家とかか？」

だったら絶対に入りたくないんだけど。

俺、メイユエ、愛菜、南雲さん、大庭さんの五名は、飯観寺先輩が襲われたという洞穴の前にやって来ていた。ちなみに威堂先輩は飯観寺先輩が心配だからと、宿に残って女将さんと一緒に看病してくれている。

『本当は止めなきゃいけない立場だけど、飯観寺がこうなっちゃったのは私のせいだから……だから、無茶だけはしないでね。ダメそうならすぐ帰ってきて』

威堂先輩はそう言って送り出してくれた。一方で、

「……チワワ。暑苦しい」

「チワワ言うなです！　暑苦しいってなんですか！」

「じゃあ引っ付かないでよ。怖いなら先輩と留守番すればよかったのに」

「し、仕方ないでしょ!?　私には先輩の代わりに見届ける使命があるのです！」

もう一人の部外者である大庭さんは、南雲さんの腕にしがみついて離れなかった。

『私が先輩の代わりに見届けるのです！』

と、威堂先輩に啖呵《たんか》を切って同行した大庭さんだったけど、根っからのオカルト嫌いである彼女はこの洞穴どころか、外灯がぽつんとしか立っていない真っ暗な夜道でガクガクブルブルと震えており、仲が悪いはずの南雲さんに引っ付いていた。

いや、オカルトが好きか嫌いかで袂《たもと》を分かったけど、そこまで仲が悪くないのかな？

【苦しいときに友人の性質が知れる　困ったときに恋人の本性がわかる】

……だっけ？　困ったときにはつい縋《すが》っちゃうくらいには信頼しているのかも。

「う～ん……でもチワワちゃんの気持ちもわかるなぁ」

愛菜が顔を歪《ゆが》ませながらそう言った。

「さっきは頑張ってボケてみたけど……ここ、かなりマズいよ？」

「ハウス云々《うんぬん》は空元気だったのか!?」

「入り口の近くってだけで、良くないものが漂ってるもん」

この中で唯一普段から幽霊が見える（俺やメイユエは幽体状態かタマフリの状態なら見えるけど）霊感少女の愛菜が言うのだから間違いないだろう。

まあ見えない俺でさえも、ヤバそうな気配はビンビン感じてるからな。

「さて……メイユエ、どっちでいく？」

俺は横に立ったメイユエに尋ねる。

「〝俺が〟〝お前で〟戦うか、〝お前が〟〝俺で〟戦うかだ」

「言いたいことはわかるが……人生で初めてされる質問だな」

メイユエが溜息《ためいき》交じりに言った。

つまり【龍神娘《アジュ・メルゲン》】と【人中鷹《ジャサ・シヘル》】のどっちのモードでいくか、ということだ。

メイユエを掠《さら》った誘拐犯をぶっ飛ばしたときは【人中鷹《ジャサ・シヘル》】モードだったけど、あのときはメイユエの身体《からだ》が縛られていたせいで、メイユエの魂を俺の中に入れるしかなかったからな。対して今なら好きなほうを選択できる。

「呪術特化の【人中鷹《ジャサ・シヘル》】か、体術特化の【龍神娘《アジュ・メルゲン》】か。どっちが効くんだ？」

「神話での記述を信じるなら、必要なのは剣だな」

「じゃあ戦うのは俺だな。……メイユエ」

「ん？」

俺はなにかあったときのためにと家から持って来ていた木刀をメイユエに渡した。

「使わずに済むなら、それが一番だったんだけどな」

「バトルマンガで才能を隠してるようなことを言い始めたな」

「どうせ振り下ろすならスイカにしたかった」

「あー、それは私もやってみたかったかもな」

するとメイユエは木刀を抱きかかえながら、香水用のスプレー瓶を取り出した。

中には飯観寺（先輩ではなく実家のほう）の庭から湧き出ている霊水が入っており、これがかかると俺やメイユエは、どちらかが百メートル以上離れずとも身体から魂が抜け出てしまう。スプレーの噴射口を俺に向けながらメイユエは言う。

「覚悟はいいな、亨」

「ああ。愛菜と南雲さんは身体を頼む」

「ＯＫ」「……（コクリ）」

愛菜と南雲さんが両側から俺の腕を取ったところで、プシュ～ッとメイユエはスプレーを俺に噴きかけた。次の瞬間、俺の魂は身体から引き剝がされる。

地味に嫌な感覚なんだよなぁ、このとき。

ジェットコースターの頂上から落下するときの、一瞬フワッとする感じというか。

俺の目の前で、俺の身体がグラリと傾き、愛菜と南雲さんに支えられていた。

『さてと……』

俺は幽体状態でメイユエに近寄ると、彼女の背後に回り込む。

『次はメイユエの番だ。覚悟はいい？』

「お、おう。ひと思いにやってくれ」

『それじゃあ……』

「ひゃうっ!?」（ぬぷっ）

あの快感とこそばゆさを感じながら、俺の魂がメイユエに重なっていく。まるでメイユエに溺れていくような感じで、クセになってしまわないかと若干心配になる。

そんな強烈な感覚も徐々に収まっていき、俺はメイユエの身体を掌握した。

「……よし」

俺はメイユエが抱えていた木刀を手に持ち、ブンブンと振り回す。

居合の胴切り付けから、正面切り。そこから上段突きをしてからの左上段払い受け。そして左袈裟《ひだりけさ》切りからの円月を描くようにしてからの血振り。納刀。

そんな風に習っていた剣の型をこなす。身体は問題なく動く。

むしろ身体能力が上がる分、自分の身体より使い勝手が良い。

「やっぱスゴいな。タマフリの力って／自分の身体だからわかるが、亨の剣の冴《さ》えは中々のものだな。五竜《ウーロン》と良い勝負ができたのも納得だ／アハハッ、ありがとよ」

メイユエの口から俺とメイユエの二人分の台詞《せりふ》が出てくる。

それを見て、大庭さんは目をパチクリとさせていた。

「話には聞きましたけど……本当に二人分の魂が入っているんですね」

「信じてもらえた？」

「ええ。女性とは思えない、ゴリラみたいな力で木刀を振ってましたから」

「誰がゴリラだ！／どうどう」

怒った自分を自分で宥《なだ》めるシュールなメイユエの姿がそこにあった。

って、いつまでもバカ話はしていられない。

メイユエ（俺）は気合を入れるように、ブンと木刀を振るった。

「……行くぞ／デッデデデ／カーンッ、てよくそんなの知ってるな」

「一人でボケたりノリツッコミしたり忙しい人です」

「頑張ってね。二人とも」「………（コクコク）」

大庭さん、愛菜、南雲《なぐも》さんに見送られて、俺たちは洞穴の中へと足を踏み入れた。

タマフリ状態のいまだからわかる。

この洞穴の空気は異常だ。真っ黒な気配が充満している。

そんなに深い洞穴ではないので、すぐに問題の祠《ほこら》が見えた。

その祠の周囲に黒い靄《もや》のようなものが纏《まと》わり付いており、聞いていたとおりその靄の中から沢山の視線を感じた。アレが……十二首魔王の呪いなのか？

（いまさらだけど、十二個の首があるってどういう状態なんだろうな）

（私が知るわけがなかろう）

実はタマフリ状態のときは口に出さなくても意思疎通はできるため、念話みたいな形でメイユエと会話していた。

（でも、阿修羅《あしゅら》みたいな感じだと面が足りないだろう？　かといって八岐大蛇《やまたのおろち》みたいに首が伸びてたらそれはもう別の化け物になりそうだし）

（メデューサタイプなのではないか？　髪の先に顔が付いているとか）

（なんかめっちゃ納得したわ）

すると、不意に黒い靄の動きが変わった。

不規則に漂っていただけの靄が動きを止め、こっちを見ていると感じられた。

「来るぞ！」

メイユエが叫んだ次の瞬間、靄は急速に広がり、こっちに襲いかかってきた。

メイユエ（俺）は飛び退《の》いて躱《かわ》すと、木刀を構えた。

「これで攻撃できるか？／試してみるしかないだろう」

俺は襲いかかってくる靄を避けながら、木刀を振るって当ててみる。

フッ……ブンッ。

すると靄はわずかに凹《へこ》んだように見えたが、すぐにスルリとすり抜けた。

「ダメか!?／いや、一瞬だが怯《ひる》んだように見えたぞ」

再び迫る靄を躱し、木刀を当ててみる。

フッ……ブンッ。

結果は同じだ。一瞬だけ手応えは感じるんだけど、やはりすり抜けてしまう。

その後、何度も試してみたが結果は変わらず、防戦一方になってしまう。

「くそっ」

打つ手が見つからない。このままだとジリ貧だ。

「美月さん、後ろ！」

洞穴の入り口から聞こえた愛菜の声に振り向くと、靄が目前まで迫っていた。

死角だったために反応が遅れてしまったのだ。

「くそっ！」

バシンッ。

「えっ？」

驚いたせいで咄嗟《とっさ》に放った裏拳が靄を弾《はじ》き飛ばした。

今度はしっかりとした手応えが残っている。

試しにと靄を躱して蹴り上げてみると、

ドカッ。

……と、これもまた靄を弾き飛ばすことに成功した。

「肉弾戦は効いてる？／私の身体《からだ》に魂が入っている影響かもしれん」

メイユエがそう推察した。

「マンガとかでオーラを纏った攻撃、みたいなものがあるだろう？　私の身体を亨《とおる》の魂で満たすことで、幽体に攻撃できるようになったのかも／じゃあ木刀は捨てて素手で戦ったほうが良いか？／いや、木刀もわずかな手応えはあった。だったら木刀も私の身体の一部と思って、タマフリの力を注ぎ込めば……あるいは」

木刀も身体の一部。それを魂で満たす。

「こんな感じか？」

木刀に意識を集中させる。

人は身につけた物も自分の一部として、周囲と区別する能力がある。

大きな物を運んでいるときに、それが周りの物とぶつからないように気を配るように。

あるいはドライバーが車を自分の身体の一部のように捉えて、狭い路地で対向車とギリギリぶつからずにすれ違えるように。

手にした木刀を身体の一部と捉えて、魂を満たす。

すると、手にした木刀の周りに湯気のように立ち上るものが見えた。

その状態で靄を攻撃してみると……。

ズバッ。

木刀で靄を斬り割くことができた。明確なダメージを与えた感触があり、事実、靄が動揺したかのように揺らめいている。

まるで魔法剣とかオーラブレイドみたいだ。

「なんかいけそうだぞ！／うむ。やってしまえ、亨！」

俺はその魂を纏わせた木刀……ちょっと面倒くさいな。気合を込めた刀だし『気合刀』とでも呼ぼうか。その気合刀で靄を攻撃する。

するとそれまでと違い、靄は剣の攻撃を嫌って避け始めた。

完全に形勢が逆転している。

「これはいけるのではないか!?／ちょ、それフラグだから！」

メイユエの言葉がフラグになったのかはわからないが、黒い靄は徐々に濃くなり、祠の近くに密集していく。そしてその集まった靄の塊は徐々に人の形を形成していく。

やがて禍々《まがまが》しい、黒いヒトガタがそこに立っていた。

さっきまでの靄とは存在感が違う。

「なんかヤバそうだな／よし、これならいけそうだぞ！」

メイユエの口からまったく正反対の感想が零《こぼ》れた。

悲観的なほうが俺、楽観的なほうがメイユエの意見だ。

「いけそうって……アレ、第二形態とかなんじゃ？／そうかもしれんが、さっきまでの靄よりはマシだ。戦い方を決めるとき神話の記述を参考にって言ったろ？」

そういえば……そんなことも言ってたな。

詳細を聞かされないまま戦い続けてたからすっかり忘れていた。

「アイツが人の形になったことで、ようやく弱点の場所がわかった／弱点？　うわっ!?」

黒いヒトガタが跳躍し、俺に襲いかかってきた。

人の姿に近づいたのに、まるで獣のように跳躍して腕を振るってくる。

「こなくそっ」

避けながら気合刀をそいつの腕に叩《たた》き付ける。

ガキンッ。

するとさっきまでとは違い、そいつの身体に弾かれてしまった。まるで鋼鉄を殴ったかのような感触で、一瞬だが手が痺《しび》れてしまった。

「硬い!?／気を付けろ！　十二首魔王は身体を鋼鉄にする魔法が使えるのだ！　その状態では刃物は通らない！／もっと早く言ってほしいんだけど！」

なんとか気合刀でヒトガタの攻撃をいなしつつ、回避優先で立ち回る。こんな全身凶器みたいなヤツが、洞穴の外に居る愛菜《まな》たちのもとに向かうと大変な惨事になる。

だからなんとかして踏みとどまらなくてはならない。すると、

「亨、ヘソだ！　神話によれば聖主ゲセルは魔王のヘソを切り、鋼鉄化の魔法を解除してから首をはねている！」

なるほどヘソか。よし！……。

「なあメイユエさんや／なんだ？／アイツのヘソどこ？／………」

黒いヒトガタは人の形はしているものの、まるで人の影を立体化しただけのような黒一色なので、頭と手足以外の部位は判別できない。

当然ヘソとやらの場所も判別できない。……どうしろと？

「へ、ヘソなのだからおへその場所にあるのだろう？／でも、物事の中心もヘソって言い方するじゃん。日本のヘソとか／………／……手探りでやるしかないか」

俺は体勢を低くすると、手にした木刀の峰の部分に左手を沿わせた。

うちの流派の中段突きの構えだ。

某剣客マンガの牙突のポーズに似ているけど、うちの流派は最後に右手を突き出したりはせず、左手をずっと沿えたままで突く。古武道を謳《うた》っているため、鎧《よろい》を着た相手に対して鎧の連結部を突くための技とされている。

まあ俺と羽鳥《はどり》先輩はその体勢から『竹槍《たけやり》アタック』って陰で呼んでたけど。

俺はその体勢のまま襲ってきたヒトガタの攻撃を回避し、なんとか懐に入り込むと、へ

ソっぽい部分や周辺を気合刀で突いてみる。

カンッ、カンッ、カンッ。

……硬い。手応えなしだ。

「おへそ部分は違うっぽいぞ／私に言うな！／……とりあえず、身体の中心線に沿って探ってみるか」

ゆらりと襲いかかるヒトガタを躱しながら、俺は隙を見つけて突く。

カンッ、カンッ、カンッ。

「こら、私の身体で真っ先にキン○キを狙うな！／弱点部位としてありそうなんだからしょうがないだろ！／だからって躊躇《ためら》いなく突く女ってヤバいだろ！」

カンッ、カンッ、カンッ。

文句を言い合いながらも弱点を探す。

くそっ、踏み込みが甘いせいで突きの回数が減って効率が悪い。

「なあ、もっと踏み込めば手数を増やせるのではないか？」

メイユエにもそう言われたけど、そんなわけにはいかないだろう。

「これはメイユエの身体だろうが。無茶して傷つけるわけにいかないだろ／亨……／って危なっ!?」

ヒトガタの攻撃が頬をかすめた。いまのはヒヤッとしたな。

「ちょっと！　自分で自分を口説いてないで、集中しなきゃダメだよ」

「自分を口説くってすごいパワーワードですね……」

洞穴の外で愛菜と大庭《おおば》さんがそんなことを言っていた。

外野は気楽で良いよなぁ、チクショーメ！

カンッ、カンッ、トスッ。

（っ!?　いま、あきらかに違う感触の場所があった！）

メイユエ（俺）はヒトガタに肉薄すると、さっき感触が違った箇所を、今度は引くことなど考えない全力でもって突き刺した。

「――――――!!」

ヒトガタは声が出ないまま絶叫しているように身もだえている。身体の表面は人の形に固まったり、黒い靄《もや》のように揺らめいたりと忙《せわ》しなく変わっている。

どうやら鋼鉄化の魔法は解除されたようだ。

俺は突き刺したヘソと思われる部分を見つめる。

「って、あの場所って心臓だろ／まあ身体の中心ではあるよな／心臓なら心臓って指摘するだろうって優先度下げてたわ。ちゃんとそこら辺を口伝しといてくれよ。キン○マはともかく／わ、私の口でキン○マとか言うな！」

そんなことを話している間に、ヒトガタは態勢を立て直していた。

しかしさっきまでの俊敏さはなく、ゾンビのように鈍重に蠢《うごめ》いている。

見たところ、もう硬くもなさそうだった。

「あとは首を落とせばいいんだよな？／ああ、終《しま》いにしよう、亨」

もはやヒトガタも脅威ではない。

メイユエ（俺）は片手で木刀を左肩の上に担ぐように構えた。

「明日はなにしようか？／また海で泳ぎたいな。亨に身体を貸したときの感覚を覚えてるから、泳げる気がするんだ／ＯＫ。練習に付き合うよ／ああ、頼りにしている」

そんなことを言いながら、俺たちは息を合わせると木刀を振るった。

「「だからもう、俺（私）たちの邪魔をするな！　」」

振るった気合刀がヒトガタの首を斬りとばした。

途端に、揺らめきながら、ヒトガタは波を受けた砂山のように崩れていく。やがて残ったのは真っ暗な闇にぽつんと佇《たたず》む祠《ほこら》だけだった。

もうどこからも悪い気配を感じない。

……終わったんだな。

俺（魂）はふっとメイユエの身体から出て行った。幽体状態で彼女に言う。

『……戻ろう。飯観寺《いいかんじ》先輩がどうなったか気になる』

「うむ」

俺たちは洞穴をあとにし、愛菜たちと合流した。

あのあと、宿へと戻ると飯観寺先輩の容態はすっかり回復していた。

それまでの悪夢にうなされているような様子もなくなり、ぐーすかぴーと気持ちよさそうに寝息を立てていた。それを見た威堂《いどう》先輩は苦笑しながら、

「まったく……こんなに心配させといて暢気《のんき》なものね」

……と言って、寝ている飯観寺先輩のおでこに、赤のマジックでサイコロの六の目のような点を書き込んでいた。リアル・ク〇リン（XLサイズ）じゃん。

それを見た俺たちが大爆笑する中でも、飯観寺先輩は暢気に寝ていた。


そして濃密すぎた合宿初日の夜が明けた。

昨夜の洞穴で、今日は海に行って泳ごうと話していた俺とメイユエだったけど、残念ながら今日は海に入ることはできなかった。

というのも昨夜にあんな大騒動を経験し、寝るのが遅くなった俺たちは飯観寺先輩を除いた全員が昼くらいまで大寝坊をしてしまったのだ。

とくに十二首魔王の呪いとの戦いで肉体的（俺の場合は精神的か？）にも疲労していた

俺とメイユエに至っては、起きたらすでに午後三時近くになっていた。

「うげっ、もうこんな時間？」

一足先に起きていたメイユエに起こされたあとで、時計を見てビックリした。

合宿二日目の半分くらいがもう終わってるじゃん。

朝食どころか昼食も食べそびれてるじゃん。

（お　の　れ　十　二　首　魔　王　！）

そう某レトロ忍者ゲー風に怒ったところでしょうがないか。

ちなみに、完全回復した飯観寺先輩は朝からあの洞穴を調査しに行き、あの洞穴にもう悪い縁が留《とど》まっていないことを確認して女将《おかみ》さんたちに報告したそうだ。

また俺とメイユエ以外のみんなは正午頃には起きて、朝食代わりの昼食をとったあとに海に遊びに行ったらしい。戻ってきた飯観寺先輩も一緒のようだ。

そういったみんなの動静がスマホのメッセージアプリで届いていた。

「あれ？　俺たち、置いて行かれた？」

「きっと、疲れているだろうと気を遣われたのだろう」

首を傾《かし》げているとメイユエにそう諭された。……それもそうか。

メイユエと二人、宿の受付まで行くと、そこに居た女将さんに、

「洞穴の問題を解決してくださって、本当にありがとうございます」

「お二人には感謝してもしきれません」

と、めちゃくちゃ感謝された。

そして女将さんはまかない風のお茶漬け（と言いつつ地の魚をヅケにしたものがふんだんに載ってる豪華なヤツ）を出してくれた。

大広間のテーブルを挟んで、二人でお茶漬けを啜《すす》る俺とメイユエ。

「このサッとかき込む感じ。乳茶《スーテーツアイ》に似てるな」

「あー、たしかに似てるかも」

草原の民が飲む塩味のミルクティー（たまに昨日の晩ご飯で残った肉も入る）は、農作業の合間にサッと飲んで腹を満たすためのものだって前に教えてもらった。食事の一品として飲むならお味噌汁《みそしる》、サッと腹に入れるなら卵かけご飯かお茶漬けが近いらしい。

向かい合い、黙々とお茶漬けを食べる俺たち。

……なんか……メイユエとは、こうやって二人きり、面と向かって食事をすることが多いよな。こういう時間が……なんだか夫婦らしい気がして心地好《よ》い。

まあ魂だけの夫婦ではあるんだけど。

「食べ終わったらどうする？　俺たちも海に行く？」

「今からでは行ってもろくに泳げんだろう。それに……昨日の疲れも残っているしな。今日はノンビリしたい気分だ」

「ああ……まあそうだよな」

「うむ。それに散歩がてら行ってみたい場所もある」

「行ってみたい場所?」

尋ね返すと、メイユエはニカッと笑った。

「もちろん、亨《とおる》にも付き合ってもらうからな」

◇　◇　◇

――一方そのころ。浜辺では。


「ほら、南雲《なぐも》さん!　こっちこっち」

「……私は日陰で良い」

「そんなことばかり言っていたらカビが生えるですよ」

晴天のもと、波打ち際では雪屋《ゆきや》さんと南雲と千和《ちわ》の元気な(?)声が響いていた。相変わらず地元民しか居ない浜辺を開運部+α《アルファ》のメンバーは満喫している。

いまは雪屋さんと千和が南雲さんに浮き輪をはめて、海の中へと連れだしていた。

南雲さんは日の光に眩《まぶ》しそうにしながら、千和を見て少し膨れた表情をしている。

「……昨日はぶるぶるぶるチワワだったくせに」

「ぶ、ぶるぶるなんてしてないです!　あとチワワじゃない!」

「でも、私の背中に隠れていた」

「貴女《あなた》が逃げ出さないように摑《つか》んでいただけです！」

「アハハ……それはちょっと無理があるんじゃないかなぁ」

なんとか意地を張ろうとする千和だったけど、さすがに無理があるようで雪屋さんにも苦笑されていた。

（ホント……賑《にぎ》やかね）

そんな賑やかな後輩女子三人の様子を、私、威堂智風《ちかぜ》と飯観寺は少し離れた場所に設置したビーチパラソルの下から眺めていた。

さっきまで散々泳いでいたのでいまは休憩しているところだ。

「あの子たちは元気ね。コレが若さかしら」

「一歳しか違いませんぞ、威堂殿」

「でもはしゃぎ過ぎじゃない？　昨日はアンナコトがあったのに」

「カッカッカ！　いいことではないですか」

飯観寺は心から愉快そうに笑っていた。

「今日、皆が笑っていられるのは、亨くんや美月くんたちが頑張ってくれたおかげです。我が輩は結果的に迷惑を掛けてしまいましたからなぁ」

飯観寺は自嘲気味に言った。昨日のことを気にしているのかな？

「その……身体《からだ》の具合は大丈夫なの？」

「ええ、もうすっかり回復しましたぞ」

「まったく。心配させないでよね……って、私が言っちゃダメよね。アンタが倒れたのは私を庇《かば》ったからなんだし。迷惑を掛けたって言うなら私のほうよ」

「あ、いや、そんなことはありませんぞ！」

私が少し悄《しょ》げた気分になっていると、顔に出ていたのか飯観寺が焦っていた。

「我が輩が、後輩たちに良い格好を見せようとして、一人で突っ走ったのがそもそもの原因ですからな。実際に、我が輩ではあの呪いに太刀打ちできなかったわけですし」

「なんとかって魔王の呪いだっけ？　あれはもう洞穴からは居なくなったの？」

「綺麗《きれい》さっぱりと。もともと霊的な力の強いスポットで偶然に偶然が重なった結果、呼び込んだ海外の悪霊……その一部といった感じでしたからな」

まあ心霊スポットで大量の血とお酒とヨーグルトが混ざる……なんてことが起きることなんてそうそうないわよね。意図してやるならともかく。

「亨くんと美月くんが居なければ、解決までもっと時間が掛かったことでしょう」

「……さっきの」

「はい？」

「一人で突っ走ったのが原因っていうのはそのとおりだと思うわ。私が言えたことじゃないけど……一人で抱え込まないで。後輩たちでもいいし、クラスメイトの私でもいい。しんどそうなことがあったら、無理せずちゃんと相談して」

「………」

「アンタが私を庇って倒れて、目を覚まさなかったとき……すごく心配したのよ」

思わず泣きそうな声が出てしまい、飯観寺が固まってしまった。

そんな風に困らせるつもりはなかったのに。

でも言わずにはいられなかった。

あの黒い靄《もや》に襲われたとき、私を護《まも》ろうと回された太い腕を。

私を庇って傷ついた大きな背中を。こいつの優しさを。

私はあのときに知ってしまったのだから。

「言っても信じてもらえないだろうからって、言わなかったアンタの心情はわかる。クラスの変人、悪いヤツじゃないけど変わったヤツって言われてることも。だけど、私はもうアンタたちの事情を理解した。言ってくれれば、これからは力になれる」

「威堂殿……」

「智風よ」

私は飯観寺にニカッと笑ってみせた。

「智風でいいわ。私はこれからもアンタと……辰明《たつあき》と関わるつもりだし」

「っ!……ハハッ、これは一本取られましたな」

辰明は照れ隠しなのか左手で自分のスポーツ刈りの頭を撫《な》でると、左手は後頭部に置いたまま、右手を私のほうに差し出してきた。

「それではこれからもよろしくお願いします。智風殿」

「ええ」

ガッシリと握手をする私たち。

「あと、できれば生徒会の開運部への介入は控えていただけると助かるのですが」

「それは無理。特別扱いはできないわ」

「さ、左様ですか……」

左様ですよ。まあ介入するときには〝私が〟主導するくらいはするけどね。

苦笑する辰明の顔を見て、私の口角も自然と上がっていく。

フフッ……長い付き合いになりそうね。

◇　◇　◇

『エウ～、エウ～』

(おー、牛《ウフル》が鳴いてる)

遅めの昼食のあと、私と亨がやって来たのは山沿いの牧場だった。

私が言った行きたい場所というのはここだった。

「牛の鳴き声って案外、モーモーって感じじゃないんだな」

亨が遠くの牛《ウフル》を眺めながらそんなことを言った。

「ふむ。まあ聞こえ方しだいだろう。コケコッコーでもコックドゥードゥルドゥでも、鶏《タヒア》からすればどうでも良いことだろう。牛《ウフル》にとっても同じだ」

「それはそうなんだろうけどさ」

そんなことを言いながら亨と牧場の周りを歩いてみる。

草の生い茂る地面で、牛がノンビリと草を食《は》んでいる。

ノンビリとした時間……まさしく牧歌的な雰囲気で癒やされる。

少し歩くと牧場が経営している売店があった。

「お、自家製ソフトクリームだって」

「食べる」

私は亨の提案に即答した。

私たちはそれぞれ一個ずつコーンタイプのソフトクリームを購入する。

真っ白な、いかにも牛乳使ってますって感じのソフトクリーム。

一口舐《な》めてみれば、新鮮だけど濃厚な牛乳の旨みが口いっぱいに広がる。

思わず溜息《ためいき》が出るくらいに美味《おい》しい。これはまさに……。

「ん～、あむとぅたえ」

……私がなにか言うよりも先に亨がそう呟《つぶや》いた。

「って、それは私の台詞《せりふ》だろう」

「メイユエがあんまり言うもんだから憶《おぼ》えちゃったんだよ」

「その言い方だと、まるで私が食いしん坊のようではないか。まったく……」

私もぶつくさ言いながらソフトクリームをペロッと舐める。

「むっ……たしかに。美味しい《アムトウタエ》」

「ほら、やっぱり」

「むむむ」

「美味しそうに食べる女の子って可愛《かわい》いと思うぞ。……痛っ」

トドメとばかりにそう言われたので、私は恥ずかしさのあまり亨の足をギュッと踏んづけた。まったく、女心がわからないにもほどがあるぞ。

その後、売店の日陰にあるベンチに並んで座りながら、私たちはソフトクリームを食べる。ん～……なんか既視感があるような。

えーっと…………あ、そうか。フフフッ。

「？　どうかした？　急に笑い出して」

「フフフ……なんだか懐かしいなと思ってさ」

「懐かしい？」

「ほら、初めてデートしたときも、こうやってアイスを食べたなぁって」

「ああ。川沿いの牧場か」

初めて二人で出掛けたときにも小さな牧場でジェラートを食べた。あのときはジェラートでいまはソフトクリームだけど、まあアイスというくくりでいいだろう。

「って、あのサイクリングが初デートでいいのか？」

「なっ!? 違うとでも言うのか!」

亨に真顔で言われて、私はショックを受けた。

あの日のことは、亨との思い出としていまでも鮮明に思い出せるのに。

すると亨は慌てた様子で首を横に振った。

「あー違う違う。あのときはまだメイユエがツンケンしてたし、デートじゃないって言い張ってたじゃん。だから俺の中での初デートは映画館から焼き肉食べ放題に行ったあのときだと思っていたんだよ」

「そ、そういうことか」

私はホッと胸を撫で下ろしていた。焦ったぞ。

「でも……それなら初デートはあのサイクリングのときがいい。あのとき、初めて亨と歩み寄れて、心が通じた感じがしたからな。この思い出を大事にしたい」

「お、おう。わかった」

な、なんかとんでもなく照れくさいな。お互いの顔を直視できずそれぞれ視線を泳がせていると、ふと、亨の視線が私の傍らにあるものに止まった。

「それ、持って来てたんだな」

「うむ。弾く機会もあるかと思ってな」

私が手にとったのは馬頭琴《モリンホール》の入ったケースだった。

この楽器は我が民族の魂であり、この国に慣れていないころの、私の心のよりどころだったものだ。だからこの合宿にも持って来ていた。

するとᅟ亨《とおる》は和やかに微笑《ほほえ》んで言った。

「せっかくだし、なんか弾いてくれない？」

「ん。いいぞ。ここなら人もそんなに居ないしな」

私はケースから馬頭琴と弓を取り出した。

さてなにを弾こうかと、適当にかき鳴らしながら考える。

（『草原情歌』は最近結構弾いてたし、『万馬奔騰』をここで弾くと牛《ウフル》がビックリしてしまうかもしれないな。ゆっくりとした曲で、いまの私の気持ちに合う曲は……）

チラリと亨を見た。ニコニコしながらこっちを見ている。

期待するような目で見られると、ちょっと緊張する。

期待に応えないという選択肢はない。

私は見栄《みえ》っ張《ぱ》りだから、旦那様には良い奥さんだなと常に惚《ほ》れ直させたい。

そんな私の気持ちなど……亨は知らないだろうけど。

（あっ、そうだ。あの曲にしよう）

いまの私の心情に合った曲。それをゆっくりと奏で出す。

とてもゆったりとしたテンポで、抒情的《じょじょうてき》にメロディーを紡いでいく。

そして口を開きゆっくりと歌い出す。

すると亨が「おやっ？」という顔をしていた。

聞き覚えがある曲のはずなのに、なにか違う。

そんな亨の戸惑いが伝わってくるようだった。

私が歌う詩の中にある『美麗的茉莉花《メイリーディモーリーホア》』（美しいジャスミンの花）という言葉。

そうこの曲は『茉莉花《モーリーホア》』だ。

しかし家で弾いていた『美麗的《メイリーディ》』の付かない古いバージョンでも、横浜《よこはま》の中華街で聞いた『美麗的《メイリーディ》』が付く広く普及しているバージョンでもなく、中華圏の歌手の梁靜茹《リアン・ジンルウ》殿によって歌われたカバー・アレンジ版の『茉莉花《モーリーホア》』だった。

前にも言ったとおり『茉莉花《モーリーホア》』は歌い継がれる中でいくつもの派生を生み出し、現代においてもカバーやアレンジがされ歌われている。これもその一つだ。

途中から雰囲気が変わり、切なく訴えるようなメロディーになる。

私の歌を聞いて、亨が息を呑《の》んでいた。

そして切なく訴えるようなメロディーが続き、それが最高潮まで達したところで……転調し、広く普及しているバージョンの『茉莉花《モーリーホア》』のメロディーとなる。

ジャスミンよ、ああジャスミンの花よと呼び掛けて曲が終わる。

私が歌い終えたあと、亨はしばらく呆然《ぼうぜん》としていた。

しかし我に返るとパチパチと拍手をした。

「マジで聴き入ってた。すごい迫力だった」

「そ、そうか」

手放しで褒められちょっと照れる。

「いまのって『茉莉花《モーリーホア》』だよな？　前に聞いたのとは違ってたけど」

「うむ。カバー・アレンジの一つだ」

「中国語？　歌詞はわからなかったけど、どういう歌なんだ？」

「一言で表すなら、恋する女性の不満を歌った内容だ」

「はい？」

私の言葉に亨は目をまん丸くしていた。

「『貴方《あなた》は私を素晴らしいって褒めてくれるけど、じゃあなんで私を口説かないの？』『恋人を欲しがってるくせに、なんで私にいい人を紹介しようとするの？』『どうして私じゃダメなの？』って感じだろうか」

「な、なるほど……」

亨がコクコクと頷《うなず》いていた。

「とんでもなく情念の籠もった歌だったんだな。あの迫力も納得だ」

「……まあ、私も最近は、この歌の女性に共感できるようになったんだけどな」

「マジで？」

「ああ。どっかの誰かさんのせいでな」

私はわざと責めるような眼差《まなざ》しを亨に向けてみた。

「なにせ私の旦那様は、私という妻を娶《めと》ったというのに、グラマラスな先輩のバインバイ

ンな胸に視線を引き寄せられるし、愛らしい同級生に膝枕をされて鼻の下を伸ばしている
のだからな」

「いや、前半はともかく後半はえん罪だろ！　前半も情状酌量をもらいたいけど！」

「だから……もっと私のことを見てって思うのは、女の子なら当然の気持ちだろう？」

「うぐっ……」

私が甘えるような声を出すと、亨は固まっていた。

腕がワキワキと動いている。私を抱きしめていいのか迷うように。

抱きしめてくれていいのに……ヘタレめ。

私はベンチから腰を上げると、亨の片方の腿《もも》にちょこんと腰掛けた。

「っ！」

私の大胆な行動に、亨は大きく目を見開いていた。

多分、いまの亨の頭の中は葛藤でいっぱいになっていることだろう。

それに気付かないふりをしながら、私は再び『茉莉花《モーリーホア》』を奏で出した。

この勇敢だけどちょっとヘタレな旦那様が、私から目移りしないように。

あとがき

ガブ姫2巻お買い上げありがとうございます。作者のどぜう丸です。

馬頭琴を弾いている女の子は可愛い。そんな趣味嗜好《しゅみしこう》全開でお届けしているこの作品ですが、1巻の発売後に『このメイユエが言う諺《ことわざ》は実在するの?』と疑問に思う感想が散見されました。結論から言いますと、モンゴルの諺としてすべて実在します。

参考文献として掲載している大学書林の『モンゴル語ことわざ用法辞典』の記述が間違いなければですけどね。多分、大丈夫でしょう、きっと。

そしてモンゴルの諺の特徴ですが【母の思いは子に　子の思いは山に】(日本の類義語は『親の心子知らず』)のように、【母の思いは子にあるが、子の思いは山にある】という結果部分が省略される傾向にあるようです。

また日本語に訳してしまうとわからないのですが、似た音の単語を並べて韻やリズムをよくしているようです。例としてオリジナルの諺を作ってみると、

【泰平は儚《はかな》い　波平は毛がない(意味、平和とは壊れやすいものだ)】

……という感じでしょうか。『現国』でも描いてましたけど、文化の違いを物語に反映させるのは楽しいです。それではこの本に関わった全ての人たちに感謝を。

おまけ話　妹たちの兄姉談議

Gakusei kekkon shita aite ha bukiyou kawaii yubokuminzoku no hime deshita.

——亨とメイユエが開運部の合宿に行っていたころ。


夏休み真《ま》っ只中《ただなか》のこの日。私、志田須玖瑠《しだすぐる》は親友のツバメちゃんの家を訪ねていた。

彼女の家のチャイムを鳴らすと……。

『やっほースーちゃん。いらっしゃーい♪』

インターホン越しにツバメちゃんの元気な声が聞こえてきた。

『玄関開いてるから入ってきてー』

「わかった」

もう何度も訪れている家なので、私は躊躇《ためら》いなく玄関のドアを開けて中に入る。するとシャツにホットパンツというラフな格好のツバメちゃんが出迎えてくれた。

私を見ると天真爛漫《てんしんらんまん》な笑顔を見せてくれる彼女は寅野《とらの》ツバメちゃん。

同じ中学二年生でクラスメイトだ。ぼんやりマイペースでなにを考えているかわからないとよく言われる私とは違い、社交的で誰とでも仲良くなれる可愛《かわい》い女の子。

性格が正反対の私たちだけど、ツバメちゃんがしつこいくらいに私に話しかけてくれたことで仲良くなった。前に、なんで私に構うのかと尋ねたところ、

『なんか雰囲気が私のお姉ちゃんに似てるから！』

……と言っていた。この子、結構シスコンなところがある。

「今日はお姉さんは？」

「お姉《ねえ》ならお出かけしたよ。あの浮かれた感じは多分、デートだね」

「へぇー」

あの物静かでほんわかしたお姉さん、彼氏が居たんだ。たしか高校生で兄さんや義姉《ねえ》さんと同じくらいだったはず。美人だし、居ても全然不思議じゃないけど。

「まあいつまでも玄関先に居ないで上がってよ」

そう促されて、私たちはツバメちゃんの部屋へと移動した。

そこで今日来た目的を果たす。

「はい、ジャンプラ」

「……またクジにつぎ込んだんだね」

ツバメちゃんが差し出してきたのはジャンガルのプラモデルだった。コンビニなどでクジを購入して引くことで商品が当たる『No.1クジ』。そのジャンプラバージョンが先日行われたばかりだった。このプラモデルはたしか上位賞だったはず。

私をジャンガル沼に引き込んだ元凶であるツバメちゃんだけど、ロボットには興味がなく、登場キャラクターが好きで観《み》ているタイプだった。クジを引いたのも、下位賞にある推しのアクリルスタンドやミニフィギュアが目当てだったらしい。

それなのに毎度プラモが当たってしまうのは運が良いのか悪いのか……。

私はそんな彼女に告げる。

「……まだ苦しみたいのか？　いつかは、やがていつかは（当たる）と……そんな甘い毒に踊らされ、一体どれほどの散財を続けてきたのか」

「それでも、手に入れたい推しのアイテムがあるんだあああ！」

ジャンガルの台詞《せりふ》っぽく言えば、彼女もジャンガルの台詞っぽく返してくれる。本当にノリが良くて、彼女が誰からも愛される所以《ゆえん》だろう。

「……でも、毎回もらっていいの？　売ったら散財した分を回収できるんじゃ」

「いいのいいの。欲しい人の手に渡るならそれが一番だって。クジ引いといて、興味ないから売るって転売ヤーっぽくてなんかやだし」

「転売ヤー死すべし、慈悲はない」

「転売ヤーは悪。古事記にもそう書いてある」

どこぞのスレイヤーみたいなことを言いながらガッチリと握手した。

「ありがとう。また今度ケーキバイキング奢《おご》る」

「ニャハハ。律儀にお返しくれるスーちゃん大好き」

私は受け取ったプラモの箱をニマニマと眺める。パッケージ絵、わくわくする。

「……帰ったら兄さんに作ってもらおう」

「相変わらず仲良いねぇ。スーちゃんちって二人兄妹なんだっけ？」

「うん。あ、でも最近、義姉《あね》もできた」

「あね？　お姉さん？」

「そう。兄さんがお嫁さんをもらったから」

「そうなんだ！　ねぇねぇ、どんな人なの？」

ツバメちゃんが食いついてきた。恋バナ好きだよね、この子。

「外国生まれなんだけど、堂々としていて格好いい。ちょっと我が強くて、兄さんの前では意地を張っちゃいがちだけど、そういう不器用さも込みで可愛いし、推せる」

「兄嫁が推しか、なんかいいじゃん！」

ツバメちゃんはケラケラと愉快そうに笑っていた。

「でも、その気持ちわかるかも。私もお姉の彼氏のハチ兄《にい》、推しだし」

「そうなの？」

「うん。無愛想で口下手な〝つぐ姉〟の思いをちゃんと汲《く》み取ってくれて、めいっぱいの愛情をお姉に注いでくれるんだ。お姉もメロメロでトロトロで大変だよ。ハチ兄には責任を持ってお姉のことをもらってもらわないとね」

「そんなに仲が良いんだ。そういえばこの前、兄さんと義姉さんが……」

「ふむふむ」

私たちは、義姉・義兄《あに》になるだろう人の話で盛り上がったのだった。

作品のご感想、
ファンレターをお待ちしています

あて先
〒141-0031
東京都品川区西五反田 8-1-5 五反田光和ビル4階
ライトノベル編集部
「どぜう丸」先生係／「成海七海」先生係

参考文献
『ゲセル・ハーン物語　モンゴル英雄叙事詩』若松寛訳（平凡社　1993年）
『モンゴル入門　草洋の国・偉大な民族そして悠久の遊牧文化−その過去と今日を知る（三省堂選書175)』日本・モンゴル友好協会編（三省堂　1993年）
『ジャンガル　モンゴル英雄叙事詩2』若松寛訳（平凡社　1995年）
『世界の食文化3　モンゴル』小長谷有紀著（農山漁村文化協会　2005年）
『モンゴル語ことわざ用法辞典』E.プレブジャブ著　塩谷茂樹著（大学書林　2006年）
『モンゴルのことばとなぜなぜ話』塩谷茂樹編訳・著　思沁夫絵・コラム（大阪大学出版会　2014年）

OVERLAP

学生結婚した相手は
不器用カワイイ遊牧民族の姫でした 2

発　　行　2024年5月25日　初版第一刷発行

著　　者　**どぜう丸**
発 行 者　**永田勝治**
発 行 所　**株式会社オーバーラップ**
〒141-0031　東京都品川区西五反田 8-1-5
校正・DTP　**株式会社鷗来堂**
印刷・製本　**大日本印刷株式会社**

Printed in Japan　ISBN 978-4-8240-0822-0 C0193